The Friendship War

好朋友大對決

文◎安德魯・克萊門斯
譯◎謝雅文、王心瑩
圖◎唐唐

【推薦文】

「不平靜」的校園流行風潮

新北市板橋國小教師、閱讀推動者
江福祐

每隔一段時間，學生之間總會開始流行一些東西，這些在學校流行的事物，雖然給學生帶來了課業學習以外的樂趣，但是卻也衍生出一些校園的問題，尤其是當這些流行的事物需要用金錢購買時，問題就更大了。當這些流行事物出現在校園時，有些家境比較富裕或是零用錢比較多的學生，就容易在這一波流行中占得上風，能夠買到比較高級的玩具或是配備，在學生之間便成了風雲人物。雖說是流行的小玩意，卻也呈現出學校學生之間經濟強勢與弱勢的殘酷現實，占有優勢的學生總是受到其他學生的關注，反之，較弱勢或無法跟上流行的學生則更容易被邊緣化。除此之外，還可能衍生偷竊、欺騙、詐欺、恐嚇等問題，也可能造成學生之間人際關係的衝突與排擠、霸凌的問題。這些校園的流行次文化，有時看似微不足道，但如果處理不慎，還是會造成校園風暴，並在學生心裡留下極深的影響。

【推薦文】
「不平靜」的校園流行風潮

安德魯．克萊門斯擅長以孩子的生活為創作的題材，許多的作品都在討論孩子生活中面臨的問題，新作《好朋友大對決》探討的便是校園中流行文化引起的問題與風暴，除了影響了校園的和諧氣氛，也造成主角之間的矛盾與衝突，更讓校園變得「不平靜」。小學高年級是個尷尬的年紀，心理與行為總是在成熟與不成熟之間擺盪，讓老師與家長傷透腦筋。安德魯．克萊門斯在故事中鋪陳了流行文化所帶來的矛盾、衝突、對立與麻煩，讓讀者跟著主角們一起面對這些衝擊，鼓起勇氣面對，並找出妥善與圓滿的解決之道。

學校本是社會的縮影，學生貧富的差距、個性的強勢與弱勢、人際關係的核心與邊緣，都是校園中常見的學生衝突類型。許多人也許選擇視而不見，認為那是學生社會化的過程，無須擔心，但一個小小的流行事物，如果處理不好，仍然可能引起一連串的蝴蝶效應，造成不可收拾的風暴，就像故事中造成校園與學生之間風暴的流行小物「鈕扣」一樣，雖然只是個小小的鈕扣，但是如果掉了，褲子可是會掉下來的。

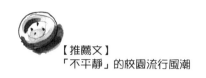

【推薦文】

閨蜜因鈕扣而對決

兒童文學作家 吳在媖

鈕扣，我們每天都要使用的小物件，每一顆都承載了人生的故事。我小時候有一件乾爹送我的外套，現早已送人，但不知為何，家裡的鈕扣盒子裡，留下了一顆這件外套的鈕扣。鈕扣中間圓型部分是紅色，鑲著金色的圓邊，在陽光下反射著美麗的光澤。前幾年我找縫紉工具時偶遇這顆鈕扣，這顆鈕扣瞬間成為時光機，讓我想起五歲時爸爸帶我坐國光號，把這件外套忘在車上，被母親責罵後尋回的往事。

鈕扣，你可以覺得它不起眼；也可以覺得它，有溫度。

但在這個故事裡，鈕扣竟然造成兩個好朋友反目？

為什麼好朋友因為鈕扣而反目？兩個對事物有不同看法的人，可不可能變成好朋友？變成好朋友之後，有沒有可能因為不同的想法而有衝突？

故事一開始，主角葛蕾絲對常常在一起的閨蜜愛莉有不認同的地方，覺得愛莉愛出風頭、自我中心、喜歡掌握主導權，葛蕾絲常懷疑愛莉是否真心在乎自己。

葛雷絲自認與愛莉是完全不同的人，她說：「我對穿著沒什麼興趣，愛莉對打扮外表樂此不疲。」「我熱愛數學和科學，愛莉興致缺缺。」「我喜歡遠足露營，愛莉超愛待在室內聊天……」

葛蕾絲喜歡科學、愛研究問題，但對於人際關係，她常常有很多的疑惑。她會這樣想：「所以她現在是不是討厭我了？」「愛莉是否真的曾經當我是姐妹淘？是的話又代表什麼？」「換作是數學問題，答案只有是非對錯，一翻兩瞪眼……但關於我和愛莉的這些問題呢？我卻找不到解答。」

什麼是朋友？

常常玩在一起就叫朋友嗎？有共同的興趣就是朋友？一起笑就是朋友嗎？意見不同可不可以當朋友？朋友做的事每一件我都要認同嗎？不認同的時候，要直言不諱嗎？處事態度不同的人，彼此看不對眼，就不能當朋友嗎？甚至，利益衝突的時候，還能做朋友嗎？

對人際關係不那麼擅長的的葛蕾絲，因緣際會得到好幾箱鈕扣，她帶鈕扣到學校，在校園造成風潮，但卻在風潮中與她的好朋友愛莉反目成仇，甚至開始採取報復的行動。

然而，報復會引來更大的報復。葛蕾絲計畫向朋友開戰，卻在進行報復行動的路上，她發現，最難過的，是她自己。

我很喜歡馬丁．路德．金恩博士的話：「黑暗無法驅逐黑暗，唯有光可以。」為了解決自己心裡面那個不舒服的感覺，葛蕾絲決定選擇另外一條路：原諒。就像每一顆鈕扣都是獨特的、都有自己的故事，這本書裡的每一個角色，也都有自己的故事。邀請你來看一個瘋鈕扣的校園小說，看完之後，你對鈕扣的觀感會從此不同，對「朋友」的想法也是。

【推薦文】什麼樣的朋友才是真正的朋友？

神老師&神媽咪
沈雅琪

我終於知道為什麼安德魯．克萊門斯的「粉靈豆」（*Frindle*）系列會這麼讓孩子們喜歡，因為我才打開書，就停不下來，為書裡的內容深深著迷。

這本書的故事很貼近我們的生活，活靈活現的敘述方式讓我身歷其境，就像是自己踏進廢棄工廠，數著無數顆鈕扣；面對高傲自大的好朋友，心裡常常有小劇場卻不能表現出來；跟著突然而起的流行開始失心瘋，為了兌換物品而不擇手段的收集點數；面對與好朋友決裂，心裡的糾結和省思。

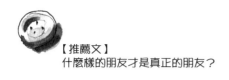

這本書最值得一提的是主角遇到好朋友在炫耀時，雖然自己也有能夠炫耀的物品，可以翻轉所有同學的注意力，當下她卻思考了好朋友心裡的出發點和感受，保留了這樣的衝動。這是我們在生活中常常發生的事，雖然是好朋友，但是會互相較勁，有時就因為尺度的拿捏而翻臉成仇，尤其是孩子之間要如何找到平衡點，真的有點困難。

閱讀到主角從外公的廢棄工廠裡搬回的二十七箱鈕扣的情節時，天呀！我好好奇她的媽媽看到二十七箱鈕扣寄到家裡的反應，沒想到媽媽大概是很習慣她的蒐集癖好，竟然冷靜以對，如果換作是我，大概已經暴跳如雷啦！這些鈕扣不但引發了一連串的事件，也讓身邊所有的同學都神奇的迷上了鈕扣，全校的孩子都為了得到喜歡的鈕扣開始做起交易，就像石頭丟到水裡，引發非常大的漣漪。

這也是我們在學校會很注意孩子帶來的物品和行為的原因，只要稍不注意，就會變成一種跟風、盲從或引起爭議。所以每一節下課，我都在教室裡聽著孩子們的對話，看看孩子們在傳閱的物品，尤其是話題人物帶來的物品和想法引發的效應。有陣子有個孩子發現另一個同學有喜歡的對象，開始傳播、嘲笑，才短短兩天，竟然傳到整個高年級都知道這件事，每個人經過那位同學旁邊時，都要酸幾句。我花了很大的力氣、很多的時間，才讓整件事停止，讓那孩子保有喜歡別人的權利，也讓所有孩子懂得尊重他人的意願。

在求學的階段，同儕在生活中占有很強大的地位，學會如何與同學相處、被喜歡、受歡迎等都是非常重要的課題。在這本書中，很多同學之間相處的小細節、可能讓閨蜜一瞬間變成仇人的摩擦，也都有很細膩的展現。孩子可從故事中明瞭到，在爭取自己權益地位的同時，如何顧及與好朋友的情誼；也在與朋友的衝突中思考，什麼樣的朋友才是真正的朋友？

不得不說這本書的翻譯功力真的很好，很多遣詞用字很到位，十分貼近我們孩子的生活和習慣，故事的內容就像是每天在教室裡上演的事件，讓孩子們從閱讀別人的故事，進而思考我們自己與朋友相處的模式。

安德魯·克萊門斯的校園小說很適合中高年級以上的孩子閱讀，文字淺顯易讀，卻又深富教育意義。每一本在我們教室都非常受歡迎，要閱讀還得登記排隊呢！孩子們看到一半常常會拍桌大笑，跟著書裡人物的情緒起伏。等不及想拿到這本新書，我可以想像孩子們會有多開心了！

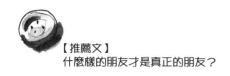

【推薦文】小鈕扣的神奇力量

臺北市國語實小校長、兒童文學家
林玫伶

葛蕾絲，理性內隱、分析型；愛莉，愛現外顯、老大型，這兩位性格迥然不同的女孩，能成為好朋友嗎？

她們近乎互補的性格，在鈕扣事件沒有發生前還不成問題，天天如影隨形，有如閨密；但當葛蕾絲從外公買下的古老工廠中獲得二十七箱的鈕扣開始，事情便有了變化。

愛莉在朋友關係中擁有話語權，喜歡受到注目；葛蕾絲一向配合她、傾聽她的種種分享。這次因為社會作業報告，葛蕾絲帶來的鈕扣意外造成同學注目，短時間內形成瘋狂的流行追逐。擁有無數鈕扣的葛蕾絲無疑有機會獨領風騷，占盡風頭，興起了和愛莉一較高下的意念。

小說在描述兩個女孩情緒念頭的轉折發展，細緻而精彩，故事的收尾出乎意料卻又合情合理，是部相當入味的校園小說。

而故事中最有意思的，就是全校瘋鈕扣的潮流推升與結束。透過另一個同學漢克的觀察，在這波流行風潮中，出現了真正的收藏家、只求多的累積者、以交易買賣為主的商人、喜歡特定系列的色彩迷與金屬控、具有推動影響力的時尚領航者，以及引爆風潮的關鍵催化劑等。這段描述無疑歸納了流行浪潮中的群體行為，讓我們在閱讀故事時，也能以俯視的視角看待事件的發展演變。

鈕扣，作為整篇故事的核心素材，也有許多耐人尋味的地方。從感性角度來看，愛莉第一次獻寶的陳述，與其說在介紹鈕扣，不如說是訴說鈕扣背後的故事；葛蕾絲和班恩在家裡有關鈕扣家族史的對話、外公鼓起勇氣整理妻子遺物，這些都是鈕扣承載的感性訴求。從科學角度來看，鈕扣的材質、設計、圖案、分類、可追溯的工藝史等，書中娓娓道來各個角色如何探究這些小玩意兒，真是精采絕倫，令人目不暇給。說不定，看完小說，你也會想蒐集鈕扣了。

咦？難道，作者想催化他的書迷掀起一波鈕扣風潮？

《好朋友大對決》目錄

1 每一顆

一個人從芝加哥飛到波士頓不像爸爸講的那麼了不起，但爸爸誇大其詞也不是第一次了。我打開手機的瞬間，馬上就響起他傳三封簡訊的通知鈴聲。

（十二點四十六分）飛機落地馬上傳訊給我。

（十二點四十八分）你的班機現在應該落地了吧。

（十二點五十分）你還好嗎？

於是我立刻回傳：

一切都好，剛落地。從波士頓向你問好！

爸爸老愛擔心。他稱之為計畫，但其實是擔心。

媽媽比較不愛擔心，因為她知道我不會做蠢事，至少不會故意去做。我哥班恩也知道。事實上，班恩滿了解我的。我也對他瞭若指掌，這沒什麼困難。他今年十五歲，腦袋裡多半只有兩件事：女生和音樂。

班恩熱愛的音樂類型不是搖滾、爵士或饒舌，而是行進樂。這使他更難交到女朋友了，我的推論啦，反正就是頭戴牛仔帽邊走邊演奏單簧管這樣。但是，話說回來，要不是因為班恩八月的樂隊夏令營，說不定全家人會與我搭上同班班機，這樣我也無法得到和外公獨處的機會了。

所以，行進樂隊好棒棒！

再說呢，要是爸爸沒那麼擔心，或許他和媽媽就不會在兩週前買iPhone給我。

所以，愛擔心的爸爸好棒棒！

和爸爸說的一樣，外公正在空橋的那一頭等我。

「嗨，葛蕾絲！歡迎你來波士頓。」

「嗨，外公！你看起來氣色真不錯。」

我不是在說客套話。

我們全家去年夏天來麻州，是為了參加奶奶的告別式，那時候的外公看起來憔悴瘦弱，也蒼老許多。

如今他看起來氣色好多了，而我們擁抱的時候，似乎也感覺到他沒那麼瘦了。

負責照顧我的空服員檢查外公的駕照。他填完表格，我背著背包，他拖著我的行李，我們這對祖孫即刻動身。

「有行李要提領嗎？」

「沒。」

「好，那我們直接去中央停車場囉……還是，你肚子餓不餓？」

「上飛機前爸塞很多東西給我吃，光是那些剩菜剩飯，我就能撐過好幾個星期。」

「不愧是我的女婿，一日鷹級童軍，終生鷹級童軍！」他接著說：「對了，你有沒有看我傳給你的連結？有關從植物油提煉航空燃油的連結？」

「有，我超有興趣的！」

全世界上大概只有外公最懂我了。他的工作雖然是房地產仲介，但他對數學和科學的熱情幾乎和我不相上下。上星期我們看《Nova》影集的時候還互傳簡訊，而且多年來他一直用電子郵件寄給我他在網上找到的新聞連結，像是機器人可以進行太空旅行，還可以不斷複製自己的文章。而它們在人類探測整個宇宙前，已這麼做好幾千年了。

只不過……我無法證明爺爺是真的對科學感興趣。很可能因為他知道我喜歡，才想辦法逼自己喜歡。

無論如何都滿不錯的。

上車後，爺爺把我的家當搬進後車廂。

「要不要往後靠睡一下？等到伯納姆之後，我再叫醒你吃冰淇淋。我還為你準備了一個驚喜喔。」

「驚喜？什麼驚喜？」

「還不能說。」

「那……可不可以先給驚喜，再吃冰淇淋？」

外公咯咯輕笑。「好主意。」

聽到外公的笑聲真好。

我們上路了，但我不想睡覺，我想醒著與外公聊天。

尤其聊聊外婆。

只怕對外公來說，現在聊這個話題還嫌太早，恐怕對我來說也是。我國小三、四年級時，每星期和她通兩次電話，電話中她總是聽我說個不停。我天南地北什麼都能講，即使胡扯瞎聊也可以。要是我的話題聊完了，她也總有新鮮事可以告訴我，內容尤其離不開她的花園、各種動植物以及昆蟲。要是外婆沒有那麼鉅細靡遺的描述她喜愛的每樣小東西，我絕不可能像今天這樣為科學著迷。

總之，我知道我們都很想她，但我們的思念之情肯定大不相同，畢竟他認識外婆的時間比我久得多。和他相比，或許我對她的了解根本不算什麼。

雖然車上很適合聊天，但我今天早上五點半就起床了，在飛機上沒睡覺，還看了部電影。當我們開上公路，轟轟響的輪胎就唱起搖籃曲催我入眠。

「這是哪裡？」

我眨了眨眼，環顧四周，回憶湧上心頭。

這條通往伯納姆的道路往北延伸到新罕布夏州界附近，並在滿是松木和楓樹的山丘間蜿蜒。我們沿途經過老舊的農舍，它們的外觀多半是白色的，加裝了綠色或黑色的百葉窗。接著是兩個蘋果園，再來則是圍繞石牆的玉米田和南瓜田。伊利諾州的大地風貌和這裡完全不一樣。

空氣聞起來的味道也大不相同，不那麼潮溼，即使在八月最後一週仍然乾爽。外公曾說這裡的土地多由岩石構成，所以無法像伊利諾州那樣保留水分，這也讓我們觀察到北美最後一次冰期的冰河。

到了鎮中心的時候，外公說：「把眼睛閉起來，我沒說好前都不准偷看哦。」

於是我閉上雙眼。

然後我假裝自己遭到綁架，被人蒙上眼睛。雖然這個念頭有點詭異，但就是把它當一回事，我的觀察力才更為敏銳。

我感覺到車子往前開，於是慢慢數著，數到三十，車子停了下來。等紅綠燈嗎？不對……是遇到「停車再開」標誌。因為車子繼續走走停停，我還聽到打方向燈的聲音。好的……我們以每小時四十五公里的車速開了三十秒。我在腦中計算，因為時速九十公里代表每分鐘開一．五公里，時速四十五公里即是每分鐘近一公里。車子開了三十秒，所以大概開不到半公里。

我會拿出事先藏好在左腳襪子的手機報警，一五一十地陳述這些資訊。這樣警察便能追查到綁架者的下落，順利將我救出。

車子左轉，等我數到一百一十五才緩緩停下來，接著我又聽見打方向燈的聲音了。所以，我們以每小時四十五公里速度開了將近兩分鐘，也就是開三公里了。

接著車子突然右轉，經過一陣顛簸和嘎吱聲響，才完全停下來。

「好了，現在可以睜開眼睛了。」

映入眼簾的是野草橫生的碎石停車場，旁邊有棟狹長的磚頭建築物。鄰近屋頂處有個彩繪標誌，上頭的文字已經褪色，寫的是「伯納姆工廠」。

「我上星期才買下整塊地！棒不棒？」

外公的口氣就像剛得到新單簧管的班恩。

「棒！超讚的！」我尖聲說，因為我聽得出來他希望我喜歡。

然而我拿手機猛拍照的同時，只覺得這裡根本是拍活屍片或綁架女孩的首選地點。

建築物一樓的窗戶都用木板封上，二、三樓的窗戶大多破損，磚牆也畫滿了塗鴉。有裂縫的花崗岩階梯通往一道灰色金屬門，用生鏽的鎖頭和鏈條鎖著。

「我好愛這裡！這沒花什麼錢，但等到明年，一樓就會開滿各式各樣高級的小商店，樓上則將改建為新穎的辦公室和眺望河景的公寓。你回家前，讓我帶你好好參觀一下。但我們還是先回大街上吃點冰淇淋吧。」

說也奇怪，我不記得外公曾買地當房東，我以為他只是幫別人買賣房地產。如果外婆還在世的話，不曉得他會不會做這類買賣。

我試著說服自己這是出於科學好奇心，但也很清楚我只是好管閒事。

一天去海邊玩，一天爬蒙納德諾克山，一個早上沿波士頓外圍遠足，一個下午參觀科學博物館。

外公確實恢復了精神，這讓我非常開心。我們走了太多路，多到我覺得需要放個假，好從這次假期的疲累中恢復。

飛回家前的那天午後，我和外公踏上那棟老房子的門廊。他真心想帶我參觀。

「喏，戴起來。」

他遞給我一個加裝頭燈的橘色安全帽。

「裡面很黑嗎？」

就科學而言，我理解「黑暗」並非真實狀態。「光」才是真實存在，「黑暗」只是代表沒有光罷了。儘管如此，我還是不喜歡黑暗的地方。

「不是每個地方都很黑，只有窗戶被木板封死的地方，還有樓梯井及地下室。」

他的鑰匙圈上大概有十把不同的鑰匙，試圖找出門上掛鎖的那一把。

「這座工廠是一八四九年建的。後面呢？是克蕭河，可以利用水力轉動一個巨大的槳輪來發電。它最早是間地毯工廠，後來改成羊毛毯工廠、棉紡廠、製鞋廠，最後成了男女裝的成衣廠，不過一九四六年就倒閉歇業。後來有個印刷業者和一些做小生意的商人，還有藝術家們租了這塊地，不過這裡空了將近十五年，所以價錢才這麼漂亮！」

我還在想，只要在建築物外面到處看看就好，但外公已打開門鎖，然後遞給我一個帆布購物袋。

「這要做什麼？」

「如果你找到什麼好玩的，可以拿來裝。」

「真的嗎？裝什麼都可以？」

「真的，這棟樓和裡面的一切都歸我所有。」

我跟在他後頭進去，把手機一下子當手電筒，一下子當相機使用。踏進工廠後，我恍然大悟，外公之所以想帶我來遊覽，就是希望我在這裡尋寶。他知道我最喜歡挖寶物了，這間舊工廠對我而言就像一座金礦。

我挖到的第一個寶是純黃銅製的門把，它被擱在工廠辦公室內的地板上。然後我找到纏了紅色和綠色紗線的木製捲線筒，接著是一把大剪刀、裝了縫紉針的錫盒、重約三公斤的鐵製齒輪、兩枝過時的鋼筆、一根銀製頂針、圈著九把黃銅鑰匙的鑰匙環、一把大平頭鐵鎚，以及一副古董眼鏡，鼻端有附鼻夾的那種。一小時後，我覺得自己還有整片天地沒探索，但我們已預約要在外公最愛的海鮮餐廳吃飯，所以我得把握時間逛遍整棟建築物。

五點過後，我們上了三樓。這層樓很明亮、充滿陽光，還有麻雀和鴿子在破窗間飛進飛出。這裡沒什麼好看，大概有二十張大型木桌用螺栓固定在地板上，窗邊還有幾台生鏽的縫紉機。我注意到自己踩到什麼了，原來是鳥屎。

我指向遠端那道牆上的門。「那會通到哪裡去？」

「我們一塊兒瞧瞧。」

門鎖住了，外公掏出鑰匙，試了五次才找到對的那把。

我打開頭燈，把門拉開。這是間小型儲藏室，木板上堆滿了硬紙箱，每個紙箱都有三十公分高、三十公分寬。我撥掉一些灰塵和蛛蛛網，將其中一箱搬到大房間的日光下。紙膠帶很好撕開，箱裡只見……一堆鈕扣。樸素的深灰色鈕扣，尺寸都比一角硬幣略小一點。我把手伸進紙箱深處抓了幾顆，掏出來一看，與上層的鈕扣一模一樣。

我搬出另一個紙箱，將它打開，接著搬第三箱……還是一成不變的同款鈕扣。

外公說：「好多灰色鈕扣啊，肯定有將近三十箱！」

「我可不可以帶一些回去？」

「我剛說啦，你想拿什麼儘管拿。」

我用手舀了兩把鈕扣，裝進袋裡，然後停下來。

「可是，外公，說實話，這裡的每一顆鈕扣，我都想要。」

他指著置物架。「所有的，每一顆？」

「對，好不好嘛？」

「你要拿這麼多鈕扣做什麼？」

「還沒想到，但我就是想要。如果你答應的話。」

他笑了起來。

「好啊，有什麼不可以？都拿去吧！」

然後他再度望著置物櫃，陷入沉思。

「我要差不多一星期的時間才能把它們寄出去，不過這些紙箱嘛，一個貨架應該夠裝了。因為你是我唯一的外孫女，這是你想要的，我就實現你的願望吧！只可惜，我沒辦法親眼看見鈕扣運到伊利諾州時，你媽臉上的表情。」

迷上鈕扣？這並不奇怪，發生在我身上再合理不過了。外公很清楚。他也知道媽媽會理解的。每當我瞧見哪裡有車庫舊貨出售，把車停下來的畢竟也是她。而外婆呢？假如她天上有知，一定會拍著手說：「好極了！」

外公見過我在家裡的臥室，以及塞滿滿的書桌抽屜。我的梳妝台上方和書架頂端，還有窗台……事實上，舉凡我房間每一處平坦的表面，全都堆滿了東西，就連地板也不例外。羽毛、橡實、一台古董級的計算機、貝殼、魔髮精靈、玩具珠寶、各種石頭、鑰匙、麥克筆和原子筆、硬幣、松果、迴紋針、我生日蛋糕上的蠟燭、曾收過的每張卡片和信、電影票根、彈珠、釘子……各式各樣，千奇百怪。這還只是我的「小型」物品收藏呢。

其他的收藏還包括七顆大的水晶雪花球、九個深藍色的玻璃瓶、一座一九四一年的地球儀、一把附專屬皮套的計算尺、三張塑膠箱裝的黑膠唱片、一把搖搖晃晃的鋼琴凳、二十幾個填充玩偶，多半是貓、狗和企鵝造型，更不用提還有成千上萬本平裝書和漫畫書，外加三套完整版的《大英百科全書》，我把它們排成一把大扶手椅的形狀。

關於我蒐集的眾多物品，我有一項理論，但究竟是什麼理論，現在我還不想思考。

事實上，平時的我大概有五、六種理論同時在腦中運轉，這些理論包含萬事萬物。每當我注意到某件無法理解的事，就會想辦法解釋，然後記錄事實以驗證我的理論是否正確。這些步驟叫作「科學方法」，老早就存在了，不是我發明的。

儘管如此，想要擁有一整個儲藏室的鈕扣？我可能得改寫我為什麼喜愛房裡所有東西的理論了。

但我並沒有對外公撒謊，我真的不曉得自己為什麼想要所有的鈕扣。總之我就是想要。像是個不可錯過的機會，與找到第三套大英百科全書的感覺如出一轍。

外公懂的。他仍在搖頭竊笑。

我直視他的面孔。「可以請你幫我一個忙嗎？」

他拿面紙擦拭眼睛。「好啊。」

「回家後，我會把你新買的房子和一切種種告訴爸媽和班恩，但鈕扣送到之前，我不會提到這件事。所以，可不可以幫我保密到那個時候？」

「沒問題，這樣更好！」

他又笑了起來。

外公八成以為在鈕扣運達伊利諾州前我會守口如瓶，但他恐怕只猜對一半。

我要在開學的第一天，也就是整整六天後，告訴另一個人。

2 愛莉效應

整個暑假都沒和愛莉見面的感覺好怪。有兩個半月的時間，我們完全沒寫電子郵件或通電話。不過我習慣了。她們家在科羅拉多州有個度假屋，而且她們經常旅行，是環遊世界那種。

有時我懷疑愛莉在亞斯本有另一個好姊妹，像是備胎的概念。有時我也會想，我們這樣如膠似漆直到每年的六月，其實真的需要漫長的暑假分開一下，完全不聯絡。

不過，今天是開學第一天，我在美術教室外面的走廊看到她。後來她轉過頭，我們馬上像磁鐵那樣吸在一塊兒，互相擁抱一下。

我立刻打開話匣子，因為和愛莉說話的重點在於先開口先贏。

「我要跟你說！八月底吧，我自己飛到波士頓找外公，他買了一棟超古老的房子，然後我——」

她抓住我的胳臂。「我想到一件事！」

話一出口，我就知道奪不回發話權了。

「因為，我去亞斯本嘛，那邊的老西部雜貨區裡有間珠寶店，他們用百分百的純金金塊做首飾耶。這是店家的招牌！你看這個手鐲，是不是很漂亮？要是我媽知道我今天戴出來上課，她一定會氣死，可是我一定要讓你看！還有這雙運動鞋，你絕對猜不到我在哪裡買的，在巴黎！我奶奶帶我和妹妹去逛她的愛店，超好逛的！那裡賣的東西超有意思……你一定要來我家過夜！還有啊，我們回科羅拉多的途中在倫敦待了六天，去了一間超酷的哈洛德百貨，買了這個超可愛的……」

愛莉滔滔不絕的講了三分多鐘，她的描述好玩又有趣，生動又引人入勝；換句話說，這就是典型的愛莉。等她終於把話講完，我才發現，我完全提不起勁和她分享地板覆滿超可愛鳥屎的迷人頹圮老屋，以及屋裡那些異乎尋常、用鐵罐盒子裝的鈕扣。

就在這時，我想起了愛莉效應。每年夏天我就忘了這個現象，導致我總會反問自己同一個問題：**如果愛莉・艾默森真是我的好朋友，又為什麼會把我惹到這麼火大？**

打從二年級開始，我就試圖解開這個謎團，但似乎一直找不到科學的解釋。

於是，每個新學年我就得重新研究愛莉效應。

媽媽曾說過：「有句古老的俗諺叫做『異性相吸』，你和愛莉大概就是這麼回事。」這套理論從許多方面來說都滿有道理的。

我對穿著沒什麼興趣；愛莉對打扮樂此不疲。

我熱愛數學和科學；愛莉興趣缺缺。

我喜歡遠足、露營，就算在戶外弄得渾身髒兮兮也無所謂；愛莉超愛待在室內聊天或者……血拚。說老實話，有時候和愛莉相處很有意思，她可以讓我整天待在購物中心也不厭煩，不過只能偶一為之。

而她在巴黎買的運動鞋？我必須承認那雙真的很可愛。

我們唯一的相似之處？我們都很漂亮，只差在我不是刻意要這樣，但愛莉是。

假如我告訴大家我覺得自己是正妹，其他人肯定覺得我很跩。可是我無意要「跩」。我只是試圖用科學的角度理性分析一件連科學都無法定義的事。什麼條件能當俊男美女，世上有一百萬種不同的理論，我只確定一件事：愛莉對她的美貌很有自信，也不斷向我灌輸我是正妹。

畢竟，假如愛莉覺得我不漂亮，就不會那麼喜歡我了。想到這個我就反胃，這是唯一我不願證實的理論。

上課鐘聲響起，我們走進教室的同時，我第一百次提醒自己，就算愛莉・艾默森是我的好朋友，也不代表她的意見就是聖旨。

雖然感覺像是聖旨。

3 濃縮

接下來的兩天，我忙得不可開交。除了期初要忙的例行公事，還要熟悉三名新老師，加上功課多得要命，又要適應換教室，去年可沒這麼麻煩。

愛莉和我同班，除了自然和數學課，我們都上同樣的課，中午也會一起吃飯，所以很常見面。

但我沒講探望外公的那趟旅程，也沒提起我的意外發現，特別是那些鈕扣。

我對自己催眠，我一點都不在意過去兩年我們只在她家過夜，從沒來過我家。一次都沒有。

我也不斷對自己喊話，愛莉對任何事是怎麼想的，我都不在乎。

但我知道這只是自欺欺人，我知道自己刻意對這些鐵證視而不見。

而我是怎麼知道的？

因為星期四下午，我一下校車就在我家車道看見什麼？那是個木製層架，矮矮胖胖、四四方方，乘載著二十七個硬紙板箱，裡頭裝了滿滿的鈕扣。

我開心嗎？興奮嗎？

一點都不，我覺得自己像個傻瓜。

現在我巴不得拿這些鈕扣去換一雙紫紅配色的可愛運動鞋。

而且是要在巴黎買的。

媽媽在廚房門裡留了字條，說她人在史泰博文具行，班恩練團結束才會回家。

於是我拿了把剪刀，回到屋外剪斷層架的塑膠包裝套。再把每個箱子拖到樓上的臥室，然後將貨板拉到車庫旁邊，立起來靠著回收桶。

我全身又熱又髒，好累。

而且很蠢。

在外公的工廠時，擁有這些鈕扣似乎是天底下最棒的主意。可是現在呢？

這個點子好像沒那麼有趣了。

我有張黃銅製的床，既老舊又寬敞，床罩底部還有褶邊。床底下可以塞進二十四個箱子。

我把剩下的三個紙箱堆在衣櫥後方。現在箱子全都收好了，但不是完全掩人耳目。到了上床時間，當然啦，被媽媽發現了。

「箱子裡裝了**什麼**？」

「鈕扣，灰色的小扣子。我和外公在他的老房子找到的，外公說可以送我。」

「是喔？他人真好。」

媽媽即使生氣，也沒有表現出來。

至於她為什麼不表現怒氣，我有一套理論。

我八歲那年，想把家裡後院三棵大橡樹的橡實統統蒐集起來，裝了一桶又一桶的橡實，搬回樓上臥室，再倒進一個藍色大塑膠桶。但裝滿這個置物桶後，卻還有數不清的橡實散落屋外。媽媽幫我估算置物桶裡橡實的數量，有超過一萬一千顆呢！然後我們上網找資料，發現大橡樹每隔幾年會落下多達一萬顆橡實，這意謂著可能還有兩萬顆橡實躺在後院的地上。我們也讀到鹿、烏鴉、火雞、花栗鼠、冠藍鴉和松鼠有多喜歡吃橡實。獲得這些關於橡實的知識後，我就失去繼續蒐集的興致了。可是那一大桶橡實仍在角落裡待了將近一年，直到我們家樓上散發出樹葉爛掉的味道，後來才扔掉橡實。

所以這些鈕扣呢？媽媽大概覺得反正它們也不會永遠留著。

六年級的第一週咻一下子就過完了，把鈕扣當空氣也絲毫不成問題。只有在爬上床的時候，腳的大拇趾撞到箱子，還撞了兩次，才提醒我它的存在。

第二週的星期一，早上的第二堂課，凱西老師說：「今天上社會第一課，美國工業革命。」她在教室前方的白板上飛快亮出一張黑白插圖，圖底寫了一行說明：

一八五二年，麻薩諸塞州，洛厄爾，布特棉紡廠

有些建築物看起來低矮狹長，我不由自主舉起手來。

「葛蕾絲，怎麼了？」

「今年夏天，我就去到麻州一棟古老的工廠建物裡，拍了幾張相片，還把意外發現的東西留下來。」

「太好了，那明天帶來和班上同學分享好嗎？」

其實……我不想耶。

這是我心裡想說的，但總不能這樣堂而皇之的回話。

於是我只好說：「沒問題。」

「很好，謝謝你。」

凱西老師轉身面向白板。「好，圖上的這間大工廠位於梅里馬克河邊。今晚的回家作業，請同學從文章中找到……」

接下來我什麼都聽不進去了。我的臉好熱，一心只想將過去那一分鐘倒帶刪除。

說到那些從工廠帶回的東西？那是當天下午我和外公充當考古學家到處探索的一部分成果。

與爸媽和班恩分享工廠以及我們發現的事物再好不過了，因為他們知道我多愛跳蚤市場、舊貨出售和破爛的古董店。

不僅如此，他們也對我臥室裡收藏的寶貝瞭若指掌。有些小孩喜歡保存日記、觀察誌、線上剪貼簿和自拍照。我呢？我喜歡蒐集東西。而我的房間？那就像是我活到現在為止的人生博物館，這是我對自己收藏品的想法。

我也可以證明這個想法。

比如放在梳妝台上檯燈旁的光滑灰石頭？它使我想起全家第一次到威斯康辛州露營

時的晨霧。石頭旁邊的小彎樹枝？是我讀幼稚園時在操場撿的，因為它的造型很像微笑。至於那個IBC麥根沙士的瓶蓋？直到我第一次去愛莉家過夜，才喝過用玻璃瓶裝的汽水。

我房裡的每一件東西幾乎都能和一個特定的時刻連結，而那些片刻時光都屬於我。也都非常私密。

可是一言既出，駟馬難追。明天，我去工廠的歡樂回憶都將擠壓、濃縮，變成社會課的教材。

我知道「濃縮」這個字眼未必科學，但用來形容這個情況再精確不過了，**濃縮**。有什麼好處呢？對其他同學和凱西老師來說，工廠裡那些東西充其量只是零散的歷史物件。

儘管如此，我不喜歡自己的暑假紀念品被全班端詳研究，說不定還會品頭論足。尤其是愛莉。

4 新發現

星期一上完社會課，我們一起走進學生餐廳。愛莉說：「你怎麼都沒把你去麻州玩的事跟我說？你去看外公嗎？我記得你去年暑假回去參加外婆的喪禮，對不對？」

我確實沒對愛莉說這趟旅程。其實開學的第一天，我曾起了個頭，只是她不記得。我還沒來得及回答，泰勒就跑來找我們，接著開始吃午餐。後來一整天，愛莉都沒再提起我的旅程。

我不禁懷疑，**她是真心想知道嗎？**

她真的在乎嗎？

或許愛莉真正想問的是：**這趟旅程還向誰提過？**因為愛莉討厭被冷落。

新聞快報：每個人都討厭被冷落。

上床時間快到了，我用手機把六張照片傳到凱西老師的學校電子信箱。挑選照片、明天投影到白板和全班分享，這不是件難事：工廠建物本身和其後方的那條河；地下室的大型齒輪和驅動軸；工廠辦公室的景觀，包含小隔間和嵌入式的辦公桌；以及寬敞的開放空間，供男女工人在機器或檯前工作。

我沒有附上我和外公的任何照片。

那些是我的個人隱私。

我把找到的東西裝回外公給我的那只帆布購物袋，只有鈕扣除外。我們在工廠的時候，我舀了一點放進袋裡，如今這些扣子就放在我梳妝台上的藍色玻璃罐內，提醒我當初是怎麼找到它們的，是和外公一起。那些鈕扣和用貨板運來的不同，不是拿來和別人分享的。

我還在想到底該不該把鈕扣帶到班上，畢竟我得把箱子拖出來，然後擺回原位……只是為了拿幾個鈕扣給全班看，就要這麼大費周章。

我走到樓下廚房，吃完一半優格時打定主意：鈕扣是故事的一個環節，是工廠的最後一個篇章。而且，其實我只要把堆在衣櫥頂層的箱子打開就好。

於是我拿了一個裝三明治的塑膠袋回到樓上，打開衣櫥，把幾件衣服塞到旁邊，撕開封箱膠帶，再掀開蓋口，將一把灰色小鈕扣倒進袋裡。

只不過這些鈕扣不灰也不小，是鮮黃色的，而且直徑幾乎有三公分。

一項推論出現在我腦海：工廠的鈕扣一定是依顏色分，我開的那三箱都是灰色區。

我花了三十分鐘搬箱子、拆箱、再為每箱鈕扣貼標籤。我的推論完全正確，我擁有的不只是灰色小鈕扣，還有紅的、綠的、粉紅的、薰衣草色的、黃的、黑的、褐色的、琥珀色的、藍的和白的，大小也各不相同，大的比硬幣還大，小的比豌豆還小。

而讓我最驚喜的發現？其中有三箱裝滿剩餘不相襯卻又別緻的鈕扣，而且種類繁多，琳瑯滿目！有些扣子的材質是玻璃、貝殼、黃銅、木頭、塑膠、白鑞、皮革，還有其他我不認得的材料。有的鈕扣看起來像鑽石、珍珠、玫瑰和雛菊；形狀有愛心、三角形、正方形、星形，還有小狗、馬兒、貓咪、蝴蝶和雪花造型，千變萬化！

我很想把這三箱混雜的鈕扣倒在地板上，然後依照形狀、大小、顏色、設計和材質分門別類，特別要把數量算清楚。我甚至還想把統計出來的資訊做成曲線圖或表格，認真研究這些數據。

但現在不是成為鈕扣專家的時機，當務之急是為社會課做好準備。

明天就要登台了。

5 課堂秀

到了星期二早上的社會課，我將東西都攤在凱西老師搬到教室前方的桌上，有線軸、原子筆、齒輪、球形門把、剪刀、小木槌、頂針、針和古董眼鏡，還有一小部分的各種鈕扣收藏，我將它們小心翼翼地擱在桌邊。展示出來挺有意思的，像是在博物館或古董店。

或是我房間會看到的那樣。

我講了一分鐘左右，介紹外公說過的工廠歷史，也說明桌面上物品的不同來歷。

凱西老師請全班圍過來，同學過來看的同時，她拿起了剪刀。

我的胃揪成一顆小拳頭，或許還不經意扮了個鬼臉。因為從現在起，每當我看著這把剪刀，就會想起兩件事：我和外公共度的美好午後，以及凱西老師粉紅色的指甲油。

她讓長長的刀片開合幾下，刀片發出金屬的嗖嗖聲，最後鋒利地**咔嚓**合上。

「裁縫師一定是拿它來剪幾層厚的羊毛或棉花。我從沒見過這麼大的剪刀！」

我害怕的事發生了，同學們在凱西老師的帶頭下，開始東碰西碰，把東西拿起來研究。但這也不能怪他們，這些古董有難以抗拒的魅力，就像是將整整一百年握在手裡。

接著有件事完全出乎我的意料，那些鈕扣居然讓好幾個同學為之瘋狂。

「**番茄造型**的鈕扣？」

「這顆上面印了一艘船！」

「這顆黃鈕扣顏色超亮的……**我喜歡**。」

「海星造型的……還有棒球的！」

「那顆老鷹造型的金扣？一定是縫在軍服上的。」

「喔——鑽石耶！」

色彩繽紛鮮麗，有的還在那堆裡閃閃發光？鈕扣看起來確實和散落到藏寶箱外的珠寶有幾分神似。

大家繼續翻揀，直到凱西老師說：「葛蕾絲，謝謝你和我們分享。現在請大家回到座位，拿出家庭作業的閱讀筆記。」

伯納姆工廠的這場秀就這樣結束了。

我把東西收好，再過十五分鐘就要吃午餐了。彷彿我的報告秀從沒發生過，不過我也欣然接受。

半小時後，在學生餐廳發生了第二個驚喜。

泰勒說：「你有帶著那些鈕扣嗎？可不可以讓我再看一眼？」

坐在我們這桌另一頭的漢克也突然打開話匣子。「我也要看！」

於是我從背包取出袋子，將鈕扣倒入學生餐廳的空托盤。我把托盤推到餐桌中央的時候，每個人都圍了上來，有人一探究竟，有人伸手觸摸，只有愛莉例外。

她用下巴指了指托盤，並說：「我媽以前會做很多手工藝，織衣服和縫被子之類的，我的奶奶和外婆也是縫紉高手。我家有個抽屜裝滿了鈕扣，比這裡的**多太多**了。」

泰勒見狀便說：「我家也有鈕扣，不過跟這些比起來**遜多**了！」

布魯克點點頭。「我也在我家看過鈕扣。」

「各位，不然這樣好不好？」愛莉說：「我們明天都從家裡帶一些鈕扣來學校，你們說怎麼樣？等吃完午餐就可以一起看看大家各自有什麼。」

此時此刻？這是我高聲宣告「**事實上，無論其他人有多少鈕扣，跟我比起來還是少得多了！**」的大好時機。

但我沒吭聲，餐桌前的其他同學紛紛響應，「好耶！」和「我可以回去找找鈕扣。」還有「酷哦！」以及「算我一份！」

我不禁納悶，假如是我提議的會怎麼樣？大家一定會覺得很蠢吧，尤其是愛莉。

於是，今天我再次將鈕扣裝進背包，我很清楚這是怎麼回事。無論是什麼事，愛莉總想當那個擁有最多、最好的第一名，只是她通常不會將這個慾望表現得太令人作嘔。

這招我見識過，已經不是第一次。

愛莉為什麼做出提議，要餐桌前的每位小朋友明天午餐時間帶鈕扣，我**再清楚不過了**，而且這不僅是推論。這是因為愛莉百分之百確定全宇宙最棒、最漂亮的鈕扣歸她所有，她要昭告天下。

但是，不用說也知道，最多、最棒、最漂亮的鈕扣**並非**歸她所有。

是歸我所有……應該吧。

而且大概是史上頭一遭。

下午的課堂時間我都一直在想這件事，就連晚餐後做功課，愛莉和她的鈕扣仍在我腦海中揮之不去。

於是，就在上床前，我開始將鈕扣裝進三明治塑膠袋。我把重點擺在質感、多樣化，尤其是**數量**。

一共裝了八袋，這樣應該夠了。

假如愛莉打算把明天的午餐時間變成她的愛現大會，那麼肯定會得到一大驚喜。

我會讓她猝不及防。

6 奇幻銀河

星期三的第二堂課，漢克再次對我講悄悄話。

我聽不懂他說什麼，但我還是再次對他點了點頭。

我們坐在禮堂的前排，我轉過身去，這樣就能看見第一次進來參加六年級集會的其他同學。我得讓漢克別再煩我，畢竟我有個「加總鈕扣」的任務在身。

……三百四十一……三百四十九……三百五十二……三百五十五……

看不清楚的時候，我得大概抓個數字。

法蘭絨或長袖襯衫——八顆鈕扣

鈕扣開襟毛線衣或短袖襯衫——六顆鈕扣

套頭polo衫——三顆鈕扣

長褲或短褲——一顆或兩顆鈕扣

裙子——一顆鈕扣

T恤、長袖運動衫或運動褲——沒有鈕扣

漢克用手肘戳我。

「郎老師在看你啦，她來了。」

我雖然聽到他說的話，但還是繼續數下去。

「葛蕾絲！面向前方，這**不是**你聊天的時間和地點。」

我小聲說：「三百六十三顆，」然後轉身在位子上坐好，抬頭望向郎老師。「對不起……不過我沒在聊天，我是在蒐集數據。」

她聽了皺眉搖頭。「看前面。這是我們集會的規矩。」

我一直為集會上的老師感到抱歉，他們似乎拚了命，想在校長和其他老師面前展現他們班的學生有多完美。

但這只是我的推論而已。

郎老師走開了，她把寫字夾板夾在臂彎。我注意到她穿了有領襯衫，外面搭一件毛線衣，下半身穿長褲，加起來起碼有十五顆鈕扣。

我很想再次轉身繼續數鈕扣，可是不敢這麼做。畢竟才剛開學，我可不想這麼早就進了郎老師的黑名單。她不僅是班導，我還得上她的數學課和自然課，就算她沒有賞識的乖寶寶名單，也一點都不重要，對吧？

這是另一項有趣的推論，只是我不想以身試法，至少今天不要。

山不轉路轉，我改為估算：我被郎老師阻止數鈕扣的時候，有多少六年級生已進入禮堂……大概有三分之二。

所以說，假如前三分之二的學生把大約三百六十顆鈕扣穿在身上，那麼剩下三分之一的學生身上的鈕扣則差不多是這個數字的一半，也就是一百八十顆。這意謂著今天全校六年級生一共穿了……五百四十顆鈕扣。約莫是這個數字。

話說回來，這些只是小朋友現在穿來上課的衣服鈕扣，他們家裡其他衣服上還有更多鈕扣，像是衣櫃抽屜裡的襯衫、長褲、牛仔褲和短褲，以及衣櫥裡吊著或鉤著的裙子和其他衣物。此外，每個人的外套、夾克和雨衣上都有扣子。

如果要以科學方法計算全校六年級生的鈕扣，我得請每個小朋友回家研究各自的衣服，算好鈕扣的數目，再幫我填表記錄。

這麼勞師動眾的事是不可能發生的。

況且，突然數鈕扣的這股衝動？其實這只是轉移注意力的一種方式。為了不去煩惱集會結束後緊接著到來的午餐時間，我故意找事瞎忙。

我不太早起，但今天早上六點十五分，我居然汗流浹背、直挺挺的坐在床上。我夢到自己在山坡上滑雪，沒想到山上發生雪崩，那團雪球又在轉瞬間變成鈕扣做成的驚濤駭浪，向我席捲而來，想要把我淹沒。

那一刻我徹底驚醒，開始煩惱今天的午餐時間。

還有鈕扣。

還有愛莉效應。

我的思緒不斷旋轉。我開始納悶，想知道今天來上學的**其他**小朋友和老師身上的衣服有多少鈕扣。

還有，校園外那些學生家長，無論在家或是上班，他們身上的衣服又有多少鈕扣。再加上鎮上其他居民……還有全州……整個國家、整片大陸、整個北半球、整個地球！

那世界各地墓園裡埋著的死者，身上穿的衣服又有多少鈕扣？很噁心……可是壽衣上的確也有鈕扣。這樣鈕扣加起來就不計其數，數也數不完了。

我感到一陣暈眩，於是把頭往後仰，凝視禮堂的天花板。這就好像我不小心把望遠鏡轉向一片奇幻銀河，但我直視的並非繁星，而是布滿點點鈕扣、一望無際的新天空。

集會開始了，校長站在台上的講桌後方，等大家安靜下來。

「我和在場的老師認識大家很久了，和其中很多人有超過五年的交情。我們為各位安排了美好的一年，對新的學年也充滿期待。六年級並不輕鬆，但到目前為止，你們表現得可圈可點！在我們一同展望未來的同時，我希望……」

波特校長滔滔不絕，但我已經聽不下去了。我雙手發冷，胃的中央好像打了個結。

我討厭為任何事大動肝火，但為了區區幾顆鈕扣發飆？完全沒邏輯可言嘛。因為，說實在的，誰會在乎鈕扣這東西？存在感低到根本不會有人想起它們。

除非其中一顆爆開，然後褲子掉下來。

我在卡通裡看過這個畫面，其實在現實生活中也會發生：一顆鈕扣爆開，地心引力發威，接著褲子掉下來，這是再基礎不過的科學，也是簡單的因果關係。

因果關係！

我第一次聽到這個說法是在二年級的自然課，它意謂著事情發生一定有它的原因，也意謂著人類能夠研究並理解每一件事，這實在太……撫慰人心了。

我瞬間明白此刻我需要的是多一點科學思維、多一點理解。

還有少一點情緒。

只不過……現在呢？我能完全理解自己憂慮的起因，焦慮感還愈來愈嚴重。因為我知道，集會一結束，我會馬上走到置物櫃前，伸手抓起那個裝滿鈕扣的背包，然後和我的好朋友一起走去學生餐廳。

無論我的胃準備好進食了沒。

7 鈕扣午餐會

我們在學生餐廳的餐桌前，「吃午餐」的部分很快就結束了。

既然重點活動是愛莉的點子，由她負責我也不意外，想也是這樣。

「大家把桌面清空——」

「好，不過托盤最好要留下。」

打斷愛莉的是漢克。她瞥了他一眼，再繼續往下說。

「好的，有必要的話可以留下托盤。」

等大家都回來整頓好了，愛莉便接著說：「從葛蕾絲先開始吧，然後我們以逆時針方向繞餐桌來介紹。那麼，除了昨天那些，你還有在家裡找到其他鈕扣嗎？」

「嗯……有。」

我感到失落、無所適從，我徹底慌了。因為我原本的計畫是等大家全都介紹完畢，再倒出一袋又一袋的鈕扣，冷靜地欣賞每個人嘆為觀止的表情，尤其是愛莉。

可是現在我不知該如何是好。更何況我的胃還在痛。

我把手伸進背包，取了一袋混了綠色、藍色、紅色和黃色的鈕扣，每一顆都有五分錢硬幣那麼大。

「我……我有這些。」

我將鈕扣倒進托盤，再推向左手邊。

忽然間，我看穿了愛莉這樣安排的動機，如此一來，她準備的鈕扣就會是最後一個登場！

愛莉對我的托盤微笑。「顏色很好看。」她說。

可是聽在我耳裡，她只不過是在裝客氣。

寇帝坐在我左邊，他從帽T口袋掏出一隻深藍色襪子，而且腳趾部位鼓鼓的。

「唉唷……很噁心耶！」泰勒盡可能離寇帝遠遠的。

「怎樣？襪子又不臭，你是在擔心這個嗎？順便說一下，塑膠袋真的超不環保。」

寇帝把他的鈕扣倒進托盤，再把襪子塞回口袋。他有四、五顆亮橘色扣子、三顆紅色大鈕扣、幾十顆不同色階的灰色與棕褐色鈕扣、十五到二十顆黑鈕扣，還有許多白色小鈕扣。

在我眼裡，他托盤裡最有意思的莫過於最大顆的黑鈕扣，表面刻有錨與繩索的設計。那樣的鈕扣我大概有三、四十顆。

我指著其中一顆。「我確定那是美國海軍的鈕扣。」

寇帝把它拿起來。「對，我媽也是這麼說的。這些是我爸舊外套上的鈕扣。有次他外出釣魚，外套燒了一個大洞，最後我媽只留下扣子。」

寇帝的介紹告一段落。

泰勒開始將小塑膠袋一個一個掏出背包。「我媽國中時和她大姊迷上用鈕扣裝飾東西，像是燈罩、杯墊、玻璃瓶什麼的，有些杯墊還保存到現在。我媽把所有沒用過的鈕扣都留下來。還有一些比較普通的扣子，不過我就沒帶來了。」

泰勒的托盤上至少有十五袋鈕扣，雖然顏色各異，但樣式相同，比那些縫在裙子正面的扣子再大一點。

接下來是凱文。他沒把鈕扣裝在塑膠袋或襪子裡，而是直接從口袋裡掏出好幾把。

「這些是從我家起居室裡的縫紉盒拿來的。其實還有更多，可是今天早上趕校車快遲到了，所以……就先這樣。」

這些鈕扣看起來和寇帝的大同小異，最大的差別是在沒有美國海軍鈕扣。但我看見四顆是用白鑞做的，表面都有一樣的天鵝造型浮雕設計。

再來輪到漢克。他起身發給大家五張白色廣告板，每一張都比列印紙再大一點，紙上可見成排又成列的鈕扣，每一顆都用黑色細鐵絲固定在廣告板的孔洞上。

「昨天我在家裡把零散的鈕扣統統找遍了，然後將它們先是按照顏色，再依形狀和大小分類。另外也根據鈕扣上的洞，比方是兩個洞還是四個洞來區分……除了這種黃銅的和這顆藍色圓頂鈕扣例外。像這種的，背面只有一個環圈。我也記錄了每種鈕扣的數量，其中一些鈕扣底下的數字就代表了我所擁有的顆數。我之所以這樣整理是因為上網查過，收藏家都是這樣蒐集鈕扣的。不過我還沒有全部整理好就是了。」

每個人都為漢克的報告佩服得五體投地，但我不意外。四年級的時候，我和漢克組隊參加科展。有個星期六，我到他家準備，因此有機會一睹他收藏的蝴蝶和蛾，一共超過一百五十個物種，從長了精緻白翅的迷你蛾，到比我爸手掌還大的鮮綠色長尾水青蛾，每隻昆蟲都經過完美的固定並做好標示。

六、七個同學過來，站在我們的桌前圍觀，其中幾個與我同班，其他則是史考特老師和凱西老師班上的學生，還有幾個是五年級生。每個人都把身子往前傾，使我聯想到有次在電視上看到高爾夫錦標賽的一群沉默觀眾。

布魯克和黛安娜沒有帶很多鈕扣，數量和跟凱文帶來的差不多。他們的托盤上最有意思的是布魯克找到的幾顆布面鈕扣。

最後輪到愛莉了。

現在我們桌前至少多了十二位觀眾，她微笑著對大家說：「不好意思，位子不夠了，但我還是希望你們能看到。首先呢，我帶來一些**非常**難得一見的軍裝鈕扣。」

愛莉頓了一下，確定在場的每個人都全神貫注。

「我的曾曾祖父於一九一八年加入美軍，在一次世界大戰後繼續留在軍隊，後來升到上尉。這些是他軍裝上的鈕扣，大顆的是厚外套的鈕扣。至於歷史最悠久的，這些褐色金屬鈕扣呢？這是他在法國參戰穿的軍服。還有這些發亮的黃銅鈕扣是從他後來升到上尉的軍裝上取得的。再看看這六顆扣子從哪裡來的呢？是我奶奶的哥哥加入美國海軍陸戰隊時所穿的制服。我沒見過他本人，因為我奶奶還在念中學時，他就不幸在越戰中喪生。現在傳給大家看，但請不要把鈕扣從保護袋拿出來。」

愛莉拿了兩種不同的學餐托盤，如今在她面前一共疊了五個托盤。她早就籌備好整場演出，看起來像是電視上的歷史頻道！我不知道該佩服、氣惱、還是嫉妒，心裡五味雜陳，不是滋味。

愛莉繼續介紹。

「這九顆鈕扣呢？原本縫在我姑婆愛倫的婚紗上。我的名字就是來自於她。你們看到這些鈕扣轉不同角度時的光芒了嗎？這是由一種叫蛋白石的白色半寶石做的。愛倫姑婆將它們交給我媽，讓我以後當新娘時縫在婚紗上。我一直到昨天晚上才知道這件事，實在是**太棒了！**」

同樣以塑膠袋裝著的婚紗鈕扣盛在專屬的托盤中，在桌上巡迴展示。

「這些應該是我最愛的鈕扣。我爸說一八九八年，他的曾祖父母在伊利諾州南部買下一座農莊。這兩顆鈕扣來自我曾曾祖父的工作褲，他幾乎每天都穿那條褲子！」

愛莉將鈕扣傳給我。這兩顆鈕扣是黃銅製的，正面浮雕著「堡壘」兩個字。我想問愛莉她對她的曾曾祖父母了解多少，可是她滔滔不絕，沒有要停下來的跡象。

「好的，輪到這十二顆發亮的黑鈕扣了。它們是用一種叫縞瑪瑙的石材刻製而成，我媽說這些扣子來自她的一件藍色長禮服。」

我的左邊傳來隱約的笑聲，但笑的不是愛莉的展示。凱文和寇帝換位子了，現在比鄰而坐，我的托盤放在他們中間。他們正在疊鈕扣，看誰的鈕扣塔在倒塌前疊最高。

愛莉也發現了，她頓了一下，對他們皺眉。但男孩們沒打算要罷休。她講太長了，這點她心知肚明。

「還有最後一組鈕扣，這些是我外婆給的。我外公去世後，她把他每件羊毛西裝都拿來當布料，做了一條大被子。我親眼看過，混了灰色、藍色、咖啡色，滿醜的。但她留著西裝上的每顆鈕扣，就是大家眼前的這些。彷彿……彷彿我對外公僅存的回憶就剩這一小袋鈕扣。你們不覺得很令人……**感傷**嗎？」

全場靜默無聲。

愛莉剛才說的這番話，似乎令凱文、泰勒、布魯克、漢克及所有圍在桌前的同學打從心底感動。

我也感到有點哽咽……外加些許羞愧。

因為我自始至終坐在這裡，咬牙切齒的聽著愛莉演出充滿戲劇性又自我感覺良好的個人秀。我覺得她只是愛獻寶，而且坦白說，愛莉的確在獻寶。

可是現在呢？我很少見到她感性的一面，認識以來只見過兩、三次吧。是什麼讓愛莉陷入沉思、變得如此多愁善感？只因幾顆古老的鈕扣……？這也太奇怪了！

但同時也很感人、很窩心。這一幕看在眼底，提醒了我其實愛莉也知道該怎麼當個貼心的人，就看她想不想當了。這意外的讓人開心。

愛莉知道她剛才營造了這齣精裝大戲的高潮。

「好，至於其他鈕扣呢？只是縫紉作品之類的東西。」

愛莉將鈕扣從大型特百惠保鮮盒裡倒在她最後兩個托盤上。看得出來這些鈕扣大部分都比其他小朋友帶來的高級，八成來自高檔名牌服飾吧。

可能是從巴黎買的，就和她的運動鞋一樣。

我開始生自己的氣，討厭自己這麼沒風度又愛計較。老毛病又犯了。

畢竟這就是問題所在，愛莉總是把我激成這種人。

當然，現在正是我讓她眼紅的大好時機。大概有十五個同學在餐桌前圍觀，而我有機會反將她一軍，讓愛莉這個自視甚高的女孩知道，最多、最棒、最漂亮的東西**並非**總是歸她所有，至少這次不是。

我只要把手伸進背包，拿起另外七個塑膠袋，再拋出我的鈕扣炸彈，包含大大小小、形形色色的鈕扣，**砰咚！**

可是我沒有這麼做。

原因很簡單，因為這不像是閨蜜會做的事，就連普通朋友也會給對方台階下。況且，愛莉的展示秀又不是**存心**讓我嫉妒，她只是在……做自己。

除了這些理由呢？我還是滿喜歡那種保有祕密的感覺。彷彿我是個富翁，但沒有一個人察覺。

「喂，葛蕾絲，我和寇帝想玩一個遊戲，可是藍色和綠色鈕扣還各缺六顆。能不能跟你交換鈕扣呢？」

這個問題讓我措手不及，我聽到自己回答：「嗯……不用換啦，沒關係，想要什麼儘管拿吧，反正我還有很多。」

「真的嗎？那謝謝囉！」

「那我可以每種顏色都各拿四顆嗎？」發問的是詹姆士·金尼，他是史考特老師班上的學生。

「可以啊。」我說，其他幾個小朋友馬上也接著問。

「我可以拿四顆嗎？」

「五顆可以嗎？」

這些問題讓我啼笑皆非。「這樣吧，每個人最多可以從我這拿六顆鈕扣，好嗎？」

此話一出，大家馬上排隊等著拿六顆鈕扣，包括所有圍觀者，連愛莉也不例外。

然後愛莉說：「嗯……這個，如果大家想拿的話，可以從我最後幾個托盤拿一顆……我是說兩顆鈕扣。因為我媽說這些鈕扣都交給我運用。」

大家毫不客氣的拿了一、兩顆，包括所有圍觀者，就連我也不例外。

其他幾個同學三三兩兩的聚上來湊熱鬧，愛莉一邊飛快收拾她的鈕扣，一邊說：「幸好我想到這個點子。滿好玩的，你們說對不對？」

幾個同學對她展露笑容，但大多數仍圍著我的托盤考慮著是否拿到真正要的鈕扣了，或是猶豫該不該拿去換不同的顏色。托盤快要空了。

四分鐘後，上課鐘響，我走出學生餐廳去上郎老師的數學課。我有種強烈的感覺，**有事情**正在發生，但我又不確定是什麼事。

於是，我將發生的情況攤在眼前，事實上很簡單：一群同學看著一堆來自不同家庭和地方的鈕扣，然後又有更多同學湊上來圍觀。

另一項事實是：我給大家一些免費的鈕扣時，沒有人拒絕。**每個人**都拿了六顆，他們也從愛莉那裡拿了一、兩顆。

這麼一來……現在有二十幾個在校園裡走動的學生，口袋裡有七、八顆鈕扣咔嗒碰撞，而且幾分鐘前根本沒人料到他們會想要這些鈕扣！

還有一項奇怪的事實？把鈕扣拿去送人對我來說輕而易舉；實際上，我只不過是向一百三十顆左右的鈕扣道別罷了。

可是愛莉呢？她顯然一顆鈕扣也不想送。

怎麼說呢？道理也很簡單：愛莉的鈕扣有歷史淵源，對她別具意義，就像我梳妝台上那顆光滑的灰色石頭對我的意義。不過，那些從外公工廠拿來的一箱箱鈕扣呢？對我來說，就只是……普通鈕扣。

而最重要的事實呢？這些再尋常不過的小東西，在我眼前似乎開始有了改變。

但是怎麼改變的？

又為什麼改變？

答案還不清楚，所以我需要蒐集更多資料。

我唯一能確定的是，目前發生的事還在持續延燒。

我走進郎老師的教室時，又發現了一項事實：我的胃不再糾結，徹底舒展了。

8 超級天才

「嗨，媽，我回家了。」

她從樓上宛若大衣櫃的辦公室回話。「寶貝，你回來啦？我再過十分鐘要開視訊會議，你先自己找點心吃好嗎？」

「好。」

我走進廚房，但心裡想的完全不是食物。我打開洗衣間的門，然後在掃帚櫃東翻西找，最後找到一個針線盒，那是我和班恩四年前送給媽媽的母親節禮物。

媽媽雖不把縫紉當作消遣或嗜好，但基本的縫紉工具還是有的。她曾把這些物品收在兩個中餐館的塑膠容器，直到我們送她這個高級牛仔布針線盒。這一盒看起來仍和全新的沒兩樣。

我打開盒蓋，拿起裝滿線軸的塑膠托盤。然後，在一個大型插針墊、三小捆針、一包燙印貼布和幾條扁型鬆緊帶下方，深入針線盒的最底部，我找到我要的東西了：零散的鈕扣。

約莫過了十五分鐘，班恩走進廚房。「呃……這裡是怎樣？」

「我在記錄家族史。」

「實際上，我**看得出來**你是在幫鈕扣照相。」

我挺直身子，用手揮揮桌上的鈕扣。「看到了沒？爸媽結婚十九年半，這是我們家裡零散的鈕扣……哈姆林家族的精選鈕扣，一共有一百三十四顆。這樣可以推算，打從他們結婚開始，平均一年會多出七顆鈕扣。」

我停下來讓他好好消化我說的話。

「好，了解。」

「當然囉，我很希望能知道這些鈕扣被留存下來的順序，這樣就能做出精確的時間軸，將第一顆到最近一顆鈕扣的順序記錄下來。可惜我無從得知這資訊，而且光是『希望』並不科學。還有，我也不曉得哪顆鈕扣是從哪件衣服掉下來的，只有少數幾顆例外。看到這五顆玫瑰造型的白鑞鈕扣了嗎？它們以前縫在媽媽那件紅白相間的毛線衣上，可是其中一顆不見了，媽媽乾脆把這五顆都拆下來，扔進縫紉雜物堆，再把六顆新的同款鈕扣縫回毛線衣上。我大概可以推算出那是哪年發生的事……」

我面向班恩。「你覺得爸媽有了我們之後，家裡零散的鈕扣是不是更多了？」

「很可能啊，人變多，衣服變多，鈕扣自然也變多。」

他拿起一顆銀製大鈕扣，扣子的正面是豎琴的造型。

「這顆肯定是我的。我中學的樂隊制服上掉了一個鈕扣。克里夫老師叫我買一顆新的，媽媽也教我自己縫回去。大概過了一年吧，她在客廳沙發的座墊底下找到那顆鈕扣。就是這顆。」

這不禁讓我思考。「你知道的，每顆鈕扣背後都有個不為人知的故事。」

班恩瞇眼看著我。「這個嘛，或許吧……但很多顆應該只是長褲、毛線衣什麼隨附的鈕扣，所以沒什麼故事可言。」

我不打算放棄。「可是每顆鈕扣的故事早在它們抵達我們家、被縫上我們的衣服前就展開了，因為它們都得經人設計，再到某個地方製造，對吧？接著，每一顆鈕扣經過運輸，縫在某些服飾上；或把一顆顆鈕扣分別放進小塑膠袋，塞進某件全新長褲的後口袋，你說對吧？」

「是沒錯啦，」班恩說：「只不過同樣的戲碼會在每樣東西上演，例如這把椅子、我的鞋子或那個燈泡。世界上的每件東西都有它如何製作、如何運送的故事，鈕扣只是其中之一。」

「好，」我說：「你倒是說說看，如果有顆燈泡不用了，你會把它裝進盒裡，再擺進掃帚櫃，留在那裡**長達十九年半**嗎？」

「不會……」

「所以鈕扣確實有不同之處，對吧？」

「對，不再使用的燈泡，八成是因為它壞了，壞了又幹嘛留著呢？可是鈕扣除非被壓碎或裂成兩半什麼的，否則永遠可以發揮它們的功用。這項特點是其他東西望塵莫及的。一顆舊襯衫鈕扣縫在另一件襯衫上，照樣管用。」

「一點也沒錯！」接著我頓了一下，準備說明下一點。「這就是為什麼人們對鈕扣依依不捨，即使以後不會再用到。留著不是因為要用，而是因為它**可能有用處**。」

我有種解開謎團的感覺。

班恩點點頭，彷彿長了鬍子般摸著下巴。「能夠想出這些道理，再次證明了我們是一對超級天才！」

我忍不住笑了出來。「只不過，在臥室裡擁有整整二十七箱鈕扣的是我，不是你。這大概表示，我比你更接近超級天才一點。」

「很有趣的理論，」他說：「但在臥室擁有二十七箱鈕扣或許只是說明你失心瘋！」

「嗯……這麼說也有可能啦。」這讓我想起一件事。「噢，你能幫我一個忙嗎？別對任何人說我有這麼多鈕扣，好嗎？」

「為什麼？」他反問我，下一秒用氣音說：「喔，對，因為你失心瘋。別擔心，你的祕密我會守口如瓶。還有，如果妳想躡手躡腳的搬到樓上，下半輩子住在爸媽的閣樓裡，我也完全沒意見。」

我對他扮了一個鬼臉。

然後轉身面向廚房餐桌，拿手機多拍幾張照片。

拍的當然是鈕扣囉。

鈕扣風潮

今天是星期四，我再次從滿是鈕扣的睡夢中醒來。

我到底有幾顆鈕扣？什麼顏色的鈕扣最多？每種大小的鈕扣各有多少？在我擁有的鈕扣中，直徑最大的是哪顆……而最小的又是哪顆？

然後我想起昨天班恩在廚房對我說的話，不禁反思：**或許班恩是對的，或許我真的失心瘋了！**

四十五分鐘後，我認為自己更像怪胎了，因為就在我出門準備去校車站前，居然跑回樓上臥室抓了一大把蔓越莓色的鈕扣，再扔進背包。我只是覺得今天想要幾顆鈕扣陪我一起上學。

這真是怪透了。

但是當我坐上校車靠近後排的座位，發現染上這種「怪病」的並不是只有我。因為坐在我前排的四個男生爭執不休，吵的主題正是鈕扣。

「有沒有搞錯啊？金屬鈕扣**永遠**比塑膠的高級，這不是大家都知道的嗎？而且，如果是什麼制服的鈕扣？那就是極品……討論結束！」

「好吧……可是如果那顆塑膠鈕扣的樣子是《星際大戰》的宇宙飛船『千年鷹號』呢？應該比陳年金屬鈕扣要讚上一百倍吧。」

「這個嘛，或許吧——可是那種鈕扣你一輩子也不會見到的。」

另一個同學掏出他的手機。「喂，你們看！」

他們全都圍著螢幕，其中一個高聲朗讀：「手工『千年鷹號』鈕扣？哇塞！我願意拿軍服鈕扣去換那顆，不管哪天都願意！」

「這裡還有『楚巴卡』鈕扣耶！還有『R2-D2機器人』……以及『達斯．維達』的鈕扣，未免也太酷了吧！」

但真正讓我覺得酷的事？這幾個男生昨天完全沒靠近我的午餐餐桌，他們也沒有上凱西老師的社會課。

他們怎麼會聊起鈕扣呢？

我在腦中推演起來：

好，昨天午餐結束時，圍著我們這張餐桌的同學算二十二個好了，其中大約半數是男生，每個人離開時心裡想的都是鈕扣，口袋裡也多了七、八顆新鈕扣。不妨假設這十一個男生，每個人都和另外三個男生聊到或展示鈕扣。這樣一來就多三十三個男生；假如每個人再向其他三、四個人提起鈕扣，如此一傳十、十傳百，就有超過一百個男生陷入這股新流行的鈕扣風潮！

這項推論很合理，不過仍需要經過檢驗。

「不好意思……我聽到你們在聊的話題。你們怎麼會突然聊起鈕扣啊？」

拿手機的男生轉頭看我。

「沒有為什麼，大家都在聊啊。」

「大家？那你們又是怎麼聊起鈕扣的？」

他目不轉睛地望著我。「我哪知道啊？誰在乎這個？」

「**我**在乎。我就是好奇嘛。」我對他笑一下。

另一個男生說：「怎樣？難道你是鈕扣警察還是什麼的？」

一個同學笑著說：「**小心！**鈕扣幫來了。」

另一個男生以低沉的嗓音咆哮說：「好了，你們這幾個廢物，全都給我靠牆，把鈕扣統統交出來！」

他們繼續胡鬧搞笑，其他幾個坐在靠近校車後排的男生也湊了過來。

所以，我猜這已經變成一項男生互相炫耀或單純在我面前炫耀的實驗了。

但不管怎樣，科學理論是不斷會有進展的。

這時我靈光乍現，想起某個東西或許能派上用場。

我把手伸進書包底部，取出幾顆鈕扣，再次轉向這群男生。

「喂，手機男！」

那個同學從螢幕前抬起頭。「什麼？」

我伸出手。「這些不是金屬製的，但我有幾個問題想請教你，只要你回答，我每題給你兩顆**血紅色**的鈕扣，怎麼樣？」

現在我引起這群男生的注意力了。

手機男微微一笑。「好啊，沒問題。」

「好。所以，你們是什麼時候開始想到鈕扣的？」

「昨天……下午吧。」

「為什麼想到這個話題？」

「詹姆士．金尼那傢伙啦，我們上同一堂美術課，他在桌上傳鈕扣，排不同的造型和圖案。然後大家開始把它們當桌上型曲棍球推來推去，每個人都覺得超酷的。」

「太好了，我就是想知道這些，謝啦。」

我將四顆血紅色的鈕扣倒進他伸出的手中。用一點點報酬就能徹底驗證我的理論。

接下來到學校的這段路上，包括抵達校園、穿過走廊的路途，我都保持高度警戒。期間，我觀察到**至少六場**關於鈕扣的對話。

進教室時我有點喘不過氣。我發現愛莉正和泰勒、布魯克、黛安娜待在窗邊。

「哈囉，你們絕對想不到剛在公車上發生什麼事！我……」

「等等，」愛莉說，接著把胳臂往我眼前一伸。「覺得怎麼樣？」

她的手腕上戴了一條手鍊，是用白色小鈕扣做的。

布魯克說：「很漂亮對吧？」

泰勒補充說：「這些鈕扣是貝殼做的，對吧？」

愛莉點點頭。「是珍珠母做的。我只是把它們當作小扁珠串進這條細細的鬆緊線。這樣一來，就能像糖果吊飾手鍊那樣輕鬆穿脫。喏……」

愛莉脫下手鍊，抬起我的左手，將它套進我的手腕。

我伸出手臂端詳這條鍊子。

又來了，愛莉再度令我驚訝。我不記得她做過這麼有創意的作品。

「你戴起來真好看！給你一直戴到午餐時間怎麼樣？」

「真的很漂亮，不過還是你戴就好，」我邊說邊把手鍊還給她。

「好吧。」

看得出愛莉很高興我把手鍊還她。

泰勒接著說：「對了，你剛不是有話要跟我們說？有關公車上的事，對吧？」

「噢，那件事不重要啦。」

這並不是事實。

但我現在正以科學家的角度思考，至少我努力這麼做。

因為我想了解同學們是否展現出特定的行為模式，以及背後的原因。因此，我該到處講自己正在分析的特殊上癮症嗎？當然不可以，因為這樣可能會開始改變我的個人研究結果，如此一來就是「壞科學」了。尤其如果我談論的對象是正在觀察且被我假定有這個症狀的人，更是萬萬不可。

而這些女生？她們百分百**有**這個症狀，她們都在瘋鈕扣！

我的意思是，我雖然也在瘋鈕扣。不過重點是，我**知道**自己有這個症狀。

但愛莉、泰勒、布魯克和黛安娜？她們和校車上的男生一樣，沒意識到這個症狀。

目前仍沒有意識到。

這天一開始，我就緊跟著愛莉，無論是上同一堂課，還是在走廊或午餐時間遇到她。每次她把手鍊秀給別人看，或者每次有人發現或問起，我都鉅細靡遺的記錄下來。

愛莉從不羞於炫耀她有的新奇東西，而且她交友廣闊。直到星期四下午她踏上校車，我已觀察到來自四、五、六年級的三十九名女生和十二名男生分別近距離的欣賞愛莉的手鍊，加起來一共是**五十一個人**！

當然啦，沒辦法這麼快得知這五十一位小朋友對愛莉的手鍊有什麼想法，又或者有沒有人把這件事告訴其他同學。我很確定我不在的時候，愛莉也把手鍊秀給更多人看。

即使如此，我認為目前蒐集的資料已經足夠支持一項相當簡單的理論：艾維利小學將見證一波**風起雲湧**的鈕扣狂潮。

而且很快就要發生了。

10 鈕扣上癮

星期五一早，我上了校車，還沒找到座位，手機男就擠到我面前，飛快的對我說。

「你給我的那些紅色鈕扣還有沒有啊？我找到幾顆超大的綠色鈕扣可以跟你交換，如果你願意的話。怎麼樣？可以跟我換嗎？」

「呃，先讓我坐下來好嗎？」

我家離學校很近，所以校車幾乎滿載了。我走到後面找座位，發現自己置身於一個大規模的交換市集，同學們對彼此相互吆喝著。

「我這裡有十五顆白色小鈕扣，超適合串手鍊什麼的。我想找白鑞鈕扣，有人有白鑞做的鈕扣嗎？」

「我沒有白鑞的，但這幾顆黃銅的很不賴喔。」

「黃銅？上面是老鷹圖案嗎？」

「不是，是地球儀。」

「好，我要！你想換什麼？」

「你有什麼？我想找美國海軍鈕扣，上面有刻錨的那種。」

「白鑞？誰在找白鑞的？」

「我！」

我坐下之後，手機男還是緊跟在我旁邊。

「紅色鈕扣？你還有嗎？」

「在說這些之前，我叫葛蕾絲，你呢？」

「克里斯。」

「你要那麼多紅色鈕扣做什麼？」

「那種顏色很稀有。我的目標是兩顆海岸防衛隊的鈕扣，但我得先補充彈藥，才有機會跟別人交換。所以，我想這兩顆綠色大鈕扣應該夠換你的八顆紅色鈕扣，你覺得怎麼樣？」

「喂，我要那些紅色的啦！看看這些黃鈕扣，顏色超炫的，對不對？」

說話的是昨天開鈕扣玩笑的那個男生，他拿出來要與人交換的那四顆黃鈕扣，原本是**我的**，是我星期三午餐時間放在托盤發送的！這表示他一定是從我們桌前的某個人手中拿到的……不然的話，那些鈕扣肯定轉手五、六次了。

司機緊急煞車，揮手要幾輛車先過。然後她起身大吼：「回座位坐好！要是車子行進間還有人走動，我就要打給學校，叫校長到馬路邊盯著我們。**聽清楚了沒？**」

大家趕緊坐好，很多人點點頭，車上也鴉雀無聲。可是校車一開，叫嚷聲又四起，交換鈕扣的行動再度展開，只是大家都坐在位子上。

那個叫克里斯的男生把那兩顆綠鈕扣遞給我。「很讚，對吧？」

鈕扣很大顆，直徑至少近四公分，而且每顆正面都有雕飾，兩個洞之間有道刻痕。

「你拿起來看，」他說：「看到陽光直接穿透了吧？簡直和玻璃沒兩樣，鈕扣中的極品！」

雖然我已經有成千上萬顆鈕扣了，但從沒見過像這兩顆的扣子。突然間我好想擁有它們喔！

但想都不用想，我假裝自己沒興趣。

「是沒錯啦……我是說，看起來還可以。但要拿來換我的八顆紅鈕扣？就這兩顆？

我想辦不到。」

「那七顆呢？」

這下我明白他上鉤了。

「六顆的話我可以接受。」

「好，六顆。成交！」

我在書包底部翻找，遞給他六顆我最精華的血紅色鈕扣。交易完成，我從未有過這種感覺，這輩子前所未有。交換東西超好玩的！

我聽見自己吶喊：「誰有白鑞鈕扣？」

「這裡，我有三顆。幫我傳給她。」

說話的是個女孩，坐在我的後兩排，應該是五年級的學生。

我端詳這些鈕扣，然後眉頭一皺。「喔……這些都不一樣，太可惜了。」

「對，」她說：「但這些都是雪花造型的。每片雪花本來就長得不一樣嘛，是吧？所以這些還是很不錯的。」

看得出來這個女生很聰明。

我說：「沒錯，不過我還是喜歡可以配在一起的鈕扣。像這些蔓越莓色的鈕扣，我有超多的，多到有人可以直接縫在毛線衣上，顏色超美的！」接著我把三顆回傳給她鑑賞。「我應該有六顆，說不定七顆……如果你想換的話。」

我手中的白鐵鈕扣沉甸甸的，拿起來很重。和剛才對綠色大鈕扣的感覺一樣，我有種非要不可的慾望。

看樣子，那個女生還不想買帳，於是我提議：「這樣好了，你的白鐵鈕扣，每一顆我都用**三顆**紅鈕扣跟你換。可以接受嗎？」

這下她知道我上鉤了！她也知道我看穿她的想法。

「嗯……我想說你可以用四顆紅鈕扣換我一顆白鐵的，這樣比較說得過去——總共十二顆，你覺得怎麼樣？」

「十二顆換三顆？好吧……你真的是**賺很大！**」

我又從背包裡撈出九顆紅色鈕扣往後傳。雖然這次交易好像有點吃虧，但我不介意。這幾顆白鐵鈕扣超有份量，感覺好實在！

我的紅鈕扣剩不多了，所以交易暫時告一段落。不過，我的置物櫃裡還有**七包**裝在三明治袋裡的鈕扣，沒在星期三午餐時間展示的那些。我一定還有各式各樣、成千上萬顆鈕扣！只要我謹慎交易，說不定今天就能把全校的白鐵鈕扣都弄到手，甚至還能……

我的思緒急踩煞車。

我是怎麼了？

有個微弱但亢奮的聲音在我腦中打轉，我都要分不清說話的是誰了。

因為五分鐘前站在校車站牌前的？是謹言慎行的科學家葛蕾絲．哈姆林。我蓄勢待發，準備觀察、分析、做筆記。我本來打算要看今天會不會有瘋鈕扣的新案例出現，結果一上校車，十秒鐘不到就被瘋狂的鈕扣殭屍大軍同化，**一定要擁有更多鈕扣！**

我瞬間冷靜下來，環顧校車內的景象，這才把狀況看清楚。

顯然並不是每個人手中都有鈕扣，約莫只有五分之一的小朋友真的在交換。不過校車上的所有人都感染到這股氛圍，不只關注每一次的交換結果，還會選邊站，每次交易都有應援團助陣。

「不要答應，你的鈕扣比他的垃圾好太多了。」

另一項觀察：那些手中**沒有**鈕扣的小朋友呢？他們巴不得擁有鈕扣。依我推算，等到星期一早上，他們多半就會有鈕扣了。

至於我一分鐘前萌生的念頭：該衝去置物櫃抓幾袋鈕扣，繼續瘋狂的和人交換？

不能這麼做。不行！

因為我這麼做的話，大家都會發現我有超棒而且多不勝數的鈕扣。他們會發現我占盡優勢。

而且或許會認為這樣不公平。

這是事實……我猜。

所以，我最好還是當個旁觀者兼科學家。這和積極參與不同，似乎比較像是間諜。我告訴自己我做得到，我可以抵擋這股潮流。凡事得講求科學，也就是說我要觀察事件，繼續試著理解現況。

這是我對自己的信心喊話。

然而，當我右手握著三顆白鐵鈕扣、右手握著兩顆綠色大鈕扣走下校車？它們屬於我，其實我**開心得不得了！**

我必須承認，堅持我的科學目標並不容易。

畢竟，換到好貨的感覺實在令人難以忘懷。

11 時尚與權力

我走進教室，環顧四周，發現鈕扣無所不在。

不過場面不像校車上那樣瘋狂，因為我們的老師正坐在辦公桌前敲著筆電的鍵盤。即使一天尚未正式開始，郎老師仍希望大家聽話守秩序。

但還是有好幾個口袋在進行劇烈的活動。而誰是活動的關鍵人物呢？答案是愛莉。

這點我不意外。

愛莉一瞧見我，便笑著揮手要我過去。她連續兩天戴新鈕扣手鍊來上學了。

「你猜怎麼樣？昨天好多人問我手鍊的事，所以昨晚我又多做了幾條。」

我還是不意外。

「首先呢，我把所有的鈕扣，就是我媽給我的那一大堆，全部分門別類。按照顏色和大小排列。跟你說喔，我超愛第一條手鍊的，可是它用掉太多鈕扣了，所以我得想辦法省著用，你懂我意思嗎？你看，我做了五條這個！」

她遞給我一條纖細的紅色緞帶。大概一公分寬、十五公分長，而且是用布做的，像一條髮帶。上面縫了八顆白色小鈕扣，鈕扣之間的間隔差不多大。緞帶的一端有個短短的、沉甸甸的白色線圈。

「像這樣戴在手上。」

愛莉將緞帶圈在我的手腕上，再把末端最後一顆鈕扣穿進另一頭的白色線圈。現在，我戴著一條紅緞帶鈕扣手鍊了。

愛莉的縫紉功力不是會得獎的那種，但是這條手鍊？簡單又好看，感覺很討喜！

她一邊將它從我手腕脫下，一邊滔滔不絕的解釋。

「所以啊，我決定了，今天的目標是拿我的手鍊去換超大顆鈕扣，換愈多愈好。目前為止我已經換到七顆了，還剩三條手鍊可以繼續交換，很不錯吧？」

她攤開掌心，給我看七顆漂亮的鈕扣，每顆都像我在校車上換到的綠鈕扣那麼大。其中三顆是以某種淺藍色的貝殼製成，一顆是亮橘色的塑膠鈕扣，兩顆上頭有斑點，就像褐色的鳥蛋，而最後一顆是用淺黃色玻璃製成，鈕扣裡有泡泡，不過是塑膠的。

而愛莉的計畫？進行得非常、非常順利！

但她不是唯一有這種想法的人。就在今天早上，鈕扣成了最新的流行配飾。

在愛莉帶起的風氣下，另外五個女生也做了類似鈕扣手鍊的飾品，但我覺得愛莉新做的那條還是最棒的。有三個女生將一兩顆花俏的鈕扣串在繩子或鏈子上當項鍊，有個女生還把亮黃色鈕扣縫在她牛仔褲的每個皮帶圈上。泰勒呢？她在她的白色運動鞋上各妝點了一顆藍色小鈕扣，不知道用什麼方法將扣子縫在鞋帶上，固定在鞋面的中間，是個有趣的造型。

在教室後方角落，只見四個男生的皮帶上吊了幾串奇怪的鈕扣。與其說是時尚，其實更像是……打廣告。

不過這招很有效，因為我上鉤了，我直接走過去看個仔細。

「嘿，寇帝，可以讓我看看你那串黑色鈕扣嗎？」我指向他屁股左邊的那堆扣子。

「好啊。」

他得先取下另外三串鈕扣，才能拿起我問的那串。我也是在這個時候搞懂他是怎麼固定鈕扣的，他把一個超大號的迴紋針掰成S型。聰明。

我飛快算了一下，這一串有十顆鈕扣，另一串也是十顆。寇帝沒用線把鈕扣串在一起，反倒是使用一種纖細的金屬絲。

「為什麼每一串都是十顆？」

「這條原本是拿來綁麵包和各種物品的包裝用鐵絲，一條差不多可以穿十顆鈕扣，還能留一小段扭成圈鎖緊。」

「是誰想到要用這種鐵絲與大迴紋針啊？」

「不知道耶，大家都這樣弄。總之就是這樣。」

這當然不是事實，沒有「總之就是這樣」這回事。但現在去查誰先拿鐵絲和迴紋針，可能已經太遲了。

畢竟我也不是在一塵不染的科學研究室做什麼精密實驗。鈕扣已變成一個奇形怪狀且不受控的生物，在校園裡快速的竄來竄去！

我將寇帝的那串鈕扣還給他，他掛回皮帶上，走去和凱文、諾亞聊天。這些男生吊在腰際的鈕扣加起來起碼有十五串。我觀望的同時，他們取下幾串，相互比較、爭執。

上課鐘響前我還有八分鐘的時間，於是我坐在課桌前，打開筆記本。我必須趁記憶猶新的時候記下我的觀察。

但這時我透過眼角餘光，看見布魯克衝進教室，朝著愛莉直奔而去，接著伸出她的手。因此我放下鉛筆，趕過去湊熱鬧。

布魯克的鈕扣美呆了，可能是我見過最美的一顆。這片塑膠帶有奶油般的柔和淡黃色，直徑大約四公分，算大顆卻又不會過大。鈕扣上沒有孔洞，只在背面有個小金屬環。最迷人的地方在於鈕扣正面是紙風車的圖案，至少有十二條線從中心漩渦似地向外放射，每道紋路設計成濃郁的深藍色。鈕扣看起來舊舊的，但還不至於損壞。

它的尺寸、光滑圓潤的表面、紙風車般的造型、奶油色與深藍色線條形成的強烈對比。這正是打動人心、讓你說出「**我要定了**」的鈕扣！

即使愛莉極力隱藏，但我很清楚她心裡正在打什麼算盤。

一般來說是由愛莉決定接下來會發生什麼事，布魯克也確信這一點。因為這是我們的常態：愛莉是老大。

只不過現在漂亮鈕扣的主人是誰？是布魯克。

因此，即使她沒意識到，在這一刻當家作主的是她。說也奇怪，有了那顆鈕扣在手，布魯克或許成了全教室最有影響力的同學。

事實上，那顆可愛的紙風車鈕扣說不定比「科學」還要強大，甚至比「常識」更有影響力。因為在此時此刻，我已忍不住覺得這顆鈕扣我**非要不可**！

12 大攤牌

我衝向走廊的置物櫃，雖然我知道這麼做不合邏輯，但我管不了那麼多了。我想要那顆紙風車鈕扣啦！

記得那天社會課報告時，布魯克對那些特殊造型的鈕扣一見鍾情，尤其對動物的款式情有獨鍾，因為她長大想當獸醫。

因此，我鎖定放在置物櫃裡的那袋鈕扣。這麼做也不會暴露什麼祕密，反正大家早知道我有這種款式的扣子了。

回到教室，布魯克正在試戴愛莉的其中一條緞帶手鍊，看得出來她愛不釋手。

而那顆紙風車鈕扣已經落入愛莉的手中。

所以我可能太遲了。

另外五個女生在一旁觀望，不過保持著敬而遠之的距離。我通常也不敢靠近，以免犯了褻瀆的大忌。打個比方，每次我們一起看電影，我總讓愛莉挑她想看的片子。但這次不同。我湊上前去，幾乎要夾在她們倆中間了。接著我打開話匣子，純粹發表意見，像在談論天氣那樣。

「這些是我那天社會課帶到班上的特別版鈕扣，有小狗、小貓和馬之類的動物造型。我在想，其中幾顆做成手鍊看起來會怎樣。」

「噢……真是個好主意！」

布魯克端詳著我那包小塑膠袋。

而愛莉呢？

不用看也知道，她下巴都要掉下來了。她啞口無言，但我知道這持續不了多久。

於是我開始取出鈕扣。「對啊，像這隻小貓……這隻知更鳥……還有這匹小馬……這隻蘇格蘭㹴犬，加上這裡還有三、四顆，或許再搭配一隻黃色知更鳥？這樣配起來超好看的，就像吉祥物手鍊！」

布魯克點頭如搗蒜。「那你想不想拿這些鈕扣跟我交換？」

我說：「也是可以啦，不過要換什麼呢？我的意思是，這些都是很珍貴的特別版鈕扣，而且幾乎是古董級的。」

布魯克就像眼鏡蛇那樣，伸手將愛莉指間的那顆紙風車鈕扣一把搶過來交給我！

「我拿這顆和你換八顆。款式我來選，成交？」

「**成交**」二字已到嘴邊，但話還沒出口，愛莉就先聲奪人。

「不對呀，布魯克，我們已經講好了耶。你拿了我的手鍊戴在手上，然後又把那顆鈕扣給了我，所以交易完成。況且……我想邀你這個週末來我家過夜。我有一捲像這樣的神奇彈力繩，我想你可以幫我試戴幾款項鍊。」

愛莉看都不看我一眼。她把笑容與個人魅力全都放在一個目標上，也就是可憐的布魯克。看得出來愛莉這招超有效，我之前就是這樣臣服於她，而且次數多到數不清。

而且，我很確定愛莉從沒邀過克魯克到她家過夜，截至目前為止，一次都沒有。所以這項邀約只是用來討價還價的籌碼，也就是留宿勒索！

這樣搞下去根本不公平嘛，比我從外公那裡得到超多鈕扣還要不公平。

不過，現在最重要的事實是：我已把那顆紙風車鈕扣緊緊握在手心，不會把它讓給別人的。

我直視著愛莉的眼睛，保持語氣平穩……和友善。這不容易。但我沒像她剛才那樣打出微笑和人氣牌，只是單純說出冷冰冰的、一針見血的邏輯。

「不好意思，愛莉，可是布魯克沒對你說『成交』，顯然她還在思考這筆交易。她剛有對我說『成交』，而我也正打算回覆『成交』，所以，沒什麼好說的了。」

我們附近圍了七、八個同學，他們都點頭表示同意。同意的對象是我。

我沒給愛莉開口的機會，就將那袋鈕扣遞給布魯克。

「你可以慢慢挑你想要的款式喔！」

布魯克回以一個充滿憂慮的微笑。

「嗯，好。」

假如我知道這會使布魯克為難，或許就不會跳進這場交易了。況且，要不是愛莉使出她的過夜邀約伎倆，我說不定會退讓。

我將手伸向布魯克的手腕，解開那條紅色緞帶手鍊，遞給愛莉。

「這是你的。」

她目露凶光的瞪我，氣到鼻孔都撐開了，活像一匹準備伸腿一踹，讓某人腦袋和身體分家的馬。這個表情我不是沒見過，只是她生氣的對象從來不是我。我覺得自己快要顫抖起來，就在那一剎那，我幾乎要把布魯克的鈕扣交給她，並且向她道歉。

只是幾乎而已。

愛莉抓走她的手鍊，在她轉身的那一瞬間，上課鐘聲響起。

我走回座位，甚至沒多瞄這個紙風車鈕扣一眼，就直接把它塞進牛仔褲的前口袋。

接著我深吸了一兩口氣。

因為剛才上演的正面對決？絕大部分與鈕扣無關。

13 愛莉那一桌

我剛是不是為了一顆鈕扣失去了我的好姊妹？

這個問題很好，也很恐怖。

星期五早上坐在教室裡的我，沒有答案。

我的意思是，我很清楚如果事情不能順著愛莉的意，她會有多火大。而我剛才居然讓那種事發生了。

所以，她現在是不是討厭**我**了？

在思索這個問題的同時，我必須問自己另一個問題，這個問題比剛才那個更恐怖：愛莉真的**有**把我當成好朋友嗎？是的話又代表什麼？

換作是數學問題，答案只有是非對錯。像是二加二是不是等於四？答案是：沒錯，二加二等於四。

數學就是這樣簡單明瞭。

但關於我和愛莉的這些問題？我找不到解答。今天上學最幸運的事，就是沒有時間閒著，讓自己想到不快樂的事。郎老師要我們結合數學和自然，學習測量與算平均，因此在第一堂自然課，每位同學都拿到一個多邊形來測量。然後到了第四堂課，大家必須合作算出所有多邊形的表面積平均。

郎老師在教我們之前的教書經歷只有一年，這是爸爸對我說的。諸如此類的大小事他都會去查。他是一名建築工程師，也就是說，他運用數學來確保建築物和橋梁不會倒塌，這或許也解釋了他為什麼老愛杞人憂天。

開學第一週，我不確定自己能不能適應郎老師的教學。她總是繃緊神經。但我後來漸漸了解背後的原因，我覺得她之所以緊張兮兮，很有可能因為她還是個教學新手。她的筆電裡有課程的教學計畫，我曾在她的辦公桌上看過。她必須描述自己在自然和數學課要教什麼，每堂課的每一分鐘都得精心安排。有一次上數學課，波特校長輕手輕腳地走到教室後面，兩天後的自然課又再度造訪。看得出郎老師不喜歡校長來，所以只要一有這個情況，我總會問她一個很難的問題。郎老師很聰明，她解釋事物的時候相當投入，好像完全忘了波特校長就在教室裡。

第一堂課很快就上完了，校長沒來，愛莉也不在這裡，我可以鬆一口氣。

布魯克逮到機會把塑膠袋還給我時，已經快要吃午餐了。這個時間點抓得恰到好處，因為我們的這項交易已經讓許多同學知道我有一堆不錯的鈕扣可以交換，所以午餐時間應該會很熱鬧。

或許我也可以趁這時和愛莉聊聊，解釋我怎麼會為鈕扣瘋狂，順便向她道歉。

漢克在學生餐廳外的走廊追上我。

「那個，你聽說愛莉那一桌的事了嗎？」

「什麼意思……哪一桌？」

「學生餐廳裡愛莉那一桌啊。她再也不要你坐在那一桌了。」

「噢。」

「噢」是我唯一能想到的回答。

自從二年級開學的第一週起，只要是在學校吃午餐，我都坐在愛莉旁邊。我根本沒想過我是坐在**她的**那一桌！

不過，漢克說的當然是事實。我一廂情願以為自己和閨蜜共進午餐？實際上，我只是個臨時的客人。

而愛莉剛已經撕碎了我的邀請函。

漢克輕咳一聲，把重心換到另一邊。「嗯，我們還是趁披薩賣完前快去排隊吧？」

「好。」

我們走進學生餐廳的同時，我連脖子都漸漸發燙，真的很氣。我又沒做什麼難為情的事，一件都沒有！但我還是覺得其他同學都在看我，尤其是愛莉那一桌。

這似乎是全天下再自然不過的稱呼……愛莉那一桌、愛莉那一桌、愛莉那一桌！但我必須打住那些胡思亂想，不能老在愛莉身上打轉，這簡直像在和自己角力。

後來漢克救了我，只是因為他找我講話。

「你應該早就猜到了，我超迷鈕扣的。聽起來很蠢沒錯，因為現在全校有半數同學都對鈕扣瘋狂。不過對他們來說，我認為這只是一陣短暫的風潮。我做了很多研究，所以覺得鈕扣幾乎和蝴蝶還有蛾同樣有趣。說不定還有更多我不知道的類型，就人工製品而言，相當不簡單，因為鱗翅目有超過十八萬個不同的物種。」

鱗翅目是蝴蝶與蛾的學名，這也是漢克教我的。我的意思是，我很熱愛自然科學沒錯，但他只要對某件事感興趣，就會變身超級K書狂。一般的數學和我們在學校做的那種科學研究，他大多覺得很無聊。但說到考古學，漢克可是專家，尤其是印加和馬雅文化。探索火星，以及天體運行軌道和地心引力是怎麼運作？他也研究得很透徹。氣候變遷？他對這項議題更是著迷到無法自拔。

現在變成鈕扣，或者我該稱為「鈕扣學」？

我伸手拿一盤披薩的同時，有人輕拍我的肩膀，是個我不認識的五年級女生。

「你是葛蕾絲嗎？」

「是……」

「好耶，因為我聽說你有一些很讚的鈕扣。可以給我看一下嗎？」

「好啊，不過先讓我拿午餐好嗎？」

「喔，對耶。不好意思，我只是不想等到鈕扣都被換光了。因為我也有幾顆想要交換的，如果你願意的話。我叫莎拉。」

「這樣的話你排第一個，我保證。」

這句只是我的玩笑話。

沒想到，等我在靠學生餐廳裡面的地方找到位置坐下，不到兩分鐘，莎拉和另外三名同學便在我的餐桌附近站成一排，看著我吃午餐。

雖然我的那袋鈕扣放在桌上，但披薩這麼美味，我打算慢慢品嚐。

我不要看愛莉那一桌，一眼都不要。

漢克開始戳我那袋鈕扣。「跟你說喔，這裡大部分的鈕扣都是賽璐珞。」

「賽璐珞？」

「沒錯。應該算是人類最早發明的塑膠。這些鈕扣也滿古老的，大概是一九三〇年代出產，鈕扣收藏家會稱這是『古玩』。至於這顆胡蘿蔔圖案、淡黃色底的？是另一種叫作『電木』的早期塑膠。這一顆如果拿到拍賣網站上賣，起碼能賣到十美元，說不定還會翻倍。布魯克挑走的那八顆鈕扣，我一看就知道值十五或二十美元。」

我從口袋掏出那顆紙風車鈕扣。「那這顆呢？」

「嗯……看起來像賽璐珞，設計好看，也滿復古。大概可以賣五、六美元吧。」

換句話說，與布魯克做的那筆交易，我賠錢了。

不過，我無所謂。我喜歡我的紙風車。

我喝了一口牛奶，同時了解一件事：漢克大可不必跑來和我坐，而且，他也用不著鉅細靡遺的向我說這些。他大可與我做一筆又一筆的交易，把我最棒的鈕扣挑走。

反觀愛莉呢？要是**她**知道漢克所知道的鈕扣知識？肯定會毫不考慮就把我最好的鈕

扣統統占為己有！她肯定會搶光……

我打住這個念頭。

我真的**知道**愛莉會採取什麼行動嗎？

答案當然是否定的。這樣貿然下結論就是「壞科學」。

而且也很小心眼。

儘管如此，我的推論也不是沒有根據的。想想那句俗諺：「美不在於外表，而在於行為。」將「美」換成「友善」，道理一樣能通。

愛莉不准我坐**她**那桌？

這並不友善。

我想起一直以來，我總是順著愛莉的意思，從沒抱怨過，也沒有心生芥蒂。就這麼**一次**反擊，結果竟是拆夥、絕交。

所以說……唉。漢克。

我轉頭看他，只見他坐在那裡端詳一顆魚造型的賽璐珞鈕扣。我糾結了一整天的問題在此刻茅塞頓開，**或許現在的我不需要什麼好姊妹**。

或許，我需要的是一位好朋友。

14 一人一半

這個星期六下午，我準備和漢克一起去蒐集鈕扣。

爸爸滿喜歡漢克的。他們兩個都很迷數字和材料，也就是什麼東西是用什麼做的這種科學。四年級時，漢克講起一根蜘蛛絲要比同樣粗細的鐵絲強韌五倍，而克維拉纖維又比這兩種更加強韌，從那天起，爸爸就成了他的粉絲。雖然這些知識他早就知道了，卻仍然相當佩服漢克。後來漢克又聊起三種不同材料的比重，以及它們的分子如何連接。而當漢克告訴他某些蝴蝶是藉著一種名叫「多孔螺旋曲面」的奇怪構造，翅膀才得到力量和靈活度時？他們就這樣搭起友誼的橋梁。漢克和爸爸成了科學好兄弟。

今天和漢克約好的探險，其實從昨天的午餐時間就展開了。那位叫做莎拉的女生和另外三個小朋友排隊，看還能不能換到我的特別版鈕扣。我告訴漢克，我在找幾個比較大的鈕扣，不必像那顆紙風車造型的一樣特殊，只要尺寸大、看起來有趣就好。

於是漢克成了我的鈕扣交易顧問。

我帶著四顆大鈕扣離開學生餐廳，三顆以賽璐珞製成，另一顆深綠色的漂亮扣子則用電木做成，上面還雕了圖案。多虧有漢克坐鎮，我只要拿出五顆小的特別版鈕扣來換就可以了。

我們來到走廊，正當我準備去上數學課，而漢克走向體育館時，他開口問：「我想到一個地方，或許我們可以在那裡找到很棒的鈕扣來收藏或交換，隨便怎樣都可以啦。你有興趣嗎？」

我最喜歡漢克哪一點？他會用「**我們**」這個字眼，這是最親切最暖心的字眼了。不用說也知道，我會感興趣，漢克說了這個構想，我覺得是個好主意。

這也是為什麼我正爬進他媽媽的汽車後座。

「嗨，漢克……鮑威爾太太，您好。」

「葛蕾絲，你好。去年十月校園參觀日之後，我好像就沒見過你了呢。你長高囉！」

每當大人說這種話，我都不知道該如何回應。

漢克斜斜的瞧了他媽媽一眼。

「媽，這麼明顯的事還用你說嗎？都快一年了，葛蕾絲的身高總不可能縮水吧？」

「亨利，我只是想和她聊聊天嘛。」

「請叫我**漢克**。」

鮑威爾太太倒車，開出我們家的私人車道。就在她往前開的同時，她的目光看向後照鏡上的我。

「漢克說你在學校裡掀起了這股鈕扣風潮，還提起你在緬因州一間舊工廠挖到許多寶貝。」

「媽，是麻州啦。」

「抱歉，麻州。你能想像小孩們對鈕扣這麼癡迷嗎？因為有些人覺得它們有趣到了極點！」

「媽，不好笑。」

漢克從前座轉過頭，好對著我講話。

「那你身上有帶錢吧？」

「十五塊。你呢？」

「我也差不多。這樣應該夠了，只是不見得一定會遇到有人賣鈕扣。我上網找哪裡有在拍賣家族遺物，最後找到三家店，今天一起碰碰運氣。」

鮑威爾太太瞄了漢克一眼。

「三家店？我以為我們只是要去雪莉登街上的一家店，光到那裡就要開二十分鐘，差點要開到威斯康辛州了。我們為什麼不去一家精緻的古董店逛逛，克里頓伍茲那裡的如何？」

「開古董店的老闆都把價格抬得很高。我們要找的是便宜貨，所以目標鎖定慈善二手店。況且，雪莉登街離威斯康辛州很遠。」

這趟車程約莫四十分鐘，所以鮑威爾太太並不高興，尤其在抵達漢克給她的地址後更是不悅。

「凱莉的慈善二手屋？這裡看起來好破爛！」

「媽，不會有事的啦。走吧？葛蕾絲，我們走。」說完他就打開車門。

「等等，不准自己進去那裡！」

「好吧。可是，讓我們先走，等你進去以後，也要和我們保持距離，好嗎？」

鮑威爾太太表現出一副很受傷的樣子。漢克馬上接著說：「對不起。是我沒表達清楚。我只是想說，你看起來就像是有錢人，因為你確實是，像你這樣的人不會來這種地方找便宜貨。」

她目不轉睛的望著漢克。「你是怎麼知道這些事？」

「我有做功課啊。」

我雖然和媽媽去過無數次出售舊貨的車庫拍賣，但進慈善二手店還是頭一遭。這裡的空間很大，天花板很矮，裡面有三、四名女性顧客，有的一個人來，有的帶著小孩，在長長的走道上來回逛著，從貨架取下商品，再擺回原處，有時候拿襯衫、外套或洋裝抵在小朋友身上，看看尺寸合不合。我也看到兩位男性顧客。許多衣服真的很漂亮，我眼前的這些上衣和裙子，有的就連愛莉也會喜歡。後來我才驚覺有些衣服愛莉可能的確穿過，只是後來她穿膩了，又飛到倫敦或巴黎去買新的。

可是這麼想很小心眼，於是我把這個念頭拋諸腦後。我不會讓愛莉茶毒這個週六。

大門那頭發出鈴響，漢克的媽媽走了進來，開始閒晃並盡量避開我們。漢克說得沒錯，他媽媽看起來確實和這裡的其他顧客很不搭軋。

「在那裡。」漢克說。他指向一張手寫吊牌，它連著一條細繩懸在天花板上，牌子上寫著：**遺物拍賣——新到貨**。

吊牌底下的東西多半還裝在搬家用的硬紙板箱裡，很多上頭都用麥克筆寫了字，標記家庭娛樂室、樓下的臥室、地下室等。紙箱散放在地板上，箱蓋開著，內容物雜亂無章。我很清楚攤在眼前的是其它人、其他家庭遺留下來的東西，不禁有點感傷。

漢克可不一樣，他的思緒如雷射光束般敏銳。

「那邊那一堆交給你，我從這一區開始進行，可以嗎？」

「好。」

廚房用具、桌遊、拼圖、玩具、衣服、碗盤和玻璃杯、錢包、手工具、鞋子和靴子、床單和毛巾……好多東西啊。在這裡找鈕扣就像在足球場上找硬幣。我曾做過這種傻事，沒有成功。

但我逐漸看出脈絡，看出這個家的布局。有兩間浴室，一間大概在樓上，一間在樓下，因為這有兩箱衛浴用品。而且一定有間家庭娛樂室，因為共有四箱清楚寫著，那還用說。我不斷想，假如這裡是我家，我又有些縫紉用品，會把它們放在哪呢？想到這裡，我看到這近十個紙箱的中央，有個箱蓋上寫著「樓下門廳櫥櫃」。走過去有點困難，我必須盡可能不踩進任何紙箱。直到了它面前，我知道自己離答案不遠了。在一個家裡的一樓門廳櫥櫃能找到的東西肯定包羅萬象，與其他地方格格不入的雜物，最後都會落到這裡。我們家廚房就有個抽屜像這樣，洗衣間的雜物櫃和半個地下室也一樣。

同一個櫥櫃其實有三箱雜物。我在第二箱找到了一個籃子，裡面裝了縫紉工具。可是籃子不大，長寬大概只有十五公分，深度大約十公分。

我在籃子底部找到一些鈕扣，二十顆左右，大多小小白白的。

沒戲唱了。

箱子裡還有好幾捆布，有的布料舊到泛黃，幾乎要碎了。但我發現一塊上面印有黃色小鴨的深藍色布料，我拿起來想看清楚，發現底下有個又大又圓的餅乾錫盒，盒蓋上是冬天的雪景。上面用綠色麥克筆寫了什麼？兩個字：**鈕扣**。

大約一小時後，我們回到漢克家地下室的遊戲間，把起碼兩千顆的鈕扣撒在乒乓球桌上。漢克媽媽很慶興，因為我們只去了第一間慈善二手店就找到超多鈕扣，暫時夠我們玩了。

漢克說：「首先，我覺得應該依照材質將鈕扣分類，你說呢？」

「好啊，這很合理。」

看得出來漢克很想指揮分類的流程，我沒什麼意見。他把紙膠帶黏在球桌的不同位置，然後用簽字筆在每段膠帶上寫字。

「好，賽璐珞鈕扣擺這裡……還有電木……留西特……植物象牙……瓷……」

「植物象牙？那是什麼？」

「一種象牙替代品，用生長在熱帶地區的『塔瓜』棕櫚樹的果實製成。」

「哦。那留西特呢？」

「是一種透明堅硬的塑膠製品。好，那瓷……玻璃……珍珠母……皮革……骨頭……還有木頭。」

「你剛說的，該不會是真的骨頭吧？」

「是啊，有時候來自於鹿角，但多半是用牛骨。」

他環視整批鈕扣，伸手拿起一顆。

「哇！原本沒想到會有。你看！骨頭做的耶。」

他捧著一顆淡黃色、一角硬幣大小的鈕扣，表面有兩個大孔，像是笑臉上的眼睛。

「這很可能是手工製作的，最久能追溯到一八五〇年。兩顆孔不對稱，看到了吧？可以從這裡判斷它不是機器做的。假如用高倍率的放大鏡看，或許能從骨頭的紋路中看到血液流過的地方，不像塑膠那麼平滑。」

我覺得有點噁心，但背後的科學很有意思。牛骨做成的鈕扣，誰會知道啊？

只有漢克．鮑威爾知道。

漢克是個好老師，等我抓到觀察的訣竅，分類鈕扣的進展就變得很快。要不了多久，我閉著眼睛都會分辨植物象牙和電木了。幾乎啦。

而且，假如有什麼是漢克不清楚的，他不會「不懂裝懂」。這點我很欣賞。我們分類的同時，他經常停下來上網確認，確定自己沒有分錯類。

分類結束，接下來要看哪些鈕扣歸誰所有了。

「那……你要先挑還是我先選？」

看得出來他對這件事很緊張。一開始我們就講好了，無論找到什麼都一人一半。

於是我微笑著說：「你先選吧。」

因為我已決定漢克想要哪顆都可以，畢竟發起鈕扣尋寶的是他，想出這個計畫的也是他。況且，我也不需要更多鈕扣了。我已經有很多，太多了。

我們輪流從不同區挑選，從一種材質換到另一種材質。每一種我都挑了不少精美的鈕扣，免得漢克以為我不在乎。因為我知道，這樣他會不開心。

看見他為一顆鈕扣容光煥發，這種感覺真好。

他也很貼心，看得出來他明明很想要某些鈕扣，卻還是盡量讓給我。

「你確定不要這顆酒紅色配象牙色的八角形鈕扣？我是說，這可是經典的雙色電木耶。你看它的雕刻和稜角，超讚的！」

「謝了，不過我比較喜歡淺色一點的。」

超貼心的！

我的腦中響起警鈴。

因為「貼心」不在我的常用詞彙中，但過去三十秒我已經用了兩次。

漢克試著決定該先選哪顆珍珠母鈕扣，我趁這個機會仔細觀察他。

我很喜歡他現在看起來的樣子，真心不騙。他很可愛……高瘦笨拙型的可愛。深色頭髮和眼珠，直挺挺的鼻梁，常微笑的嘴巴。全部都很完美，重點在於他看起來很……聰明，從眼神可以看出來，總有個問題在他的腦袋裡打轉。

我猜他也喜歡我的樣子，卻也知道那不是我們當朋友的原因。

我們一來一往分完珍珠母鈕扣，接著分玻璃、瓷製、皮革、賽璐珞和骨頭材質。

骨頭鈕扣一共只有五顆，我讓漢克全部收下，當作他的收藏。然後他說裝鈕扣的舊容器該留給我，因為是我發現的。

一人一半的概念。

等到分完鈕扣、大功告成，我媽開車來接我。回家途中，我把餅乾錫盒捧在膝上，回想整個下午發生的事。

也想起了愛莉。

通常，在學期中的週六，我至少會和她廝混兩個小時。她會打來找我，說些**我想去買鞋，你有沒有興趣？或我想看那部剛上映的電影，想不想一起看？**因為，和愛莉相處的時間，多半是她想做什麼事，我就跟著一起去。

儘管如此，我還是有點想念那段時光。不過今天過得很開心。我、漢克，還有一堆鈕扣，三種不同的元素混在一起。

元素結合時，並不會改變本質，有時只是相互連結，形成一種新的化合物，例如氫氣和氧氣組合在一起會變成水。

就是現在這種感覺。

如果要我形容這個新形成的化合物？

我會說，是百分之九十九的歡樂和百分之一的貼心。

15 遠距離

星期日，下午七點四十七分

外公，你在嗎？

在。你好嗎？

很好。你呢？

我很好。整個下午都在摘最後一批番茄。終於能坐一下，真舒服。

我有個問題。有關鈕扣的。

真沒想到啊，儘管問。

你覺得外婆有沒有在家裡蒐集鈕扣？你有留下她的東西，對嗎？

外公？

抱歉。有，她的東西我都還留著。可能在樓上的起居室吧？我好一陣子沒進去了。

噢，沒關係。鈕扣我多得很！上星期我拍了一張家裡的鈕扣照片，昨天我和一個叫漢克的男生去慈善二手店，結果找到一大盒鈕扣，都是同個家庭留下來的，年代滿久遠的。所以我很好奇，想要比較一下。這張是我們哈姆林家的鈕扣。

這張是慈善二手店的鈕扣。

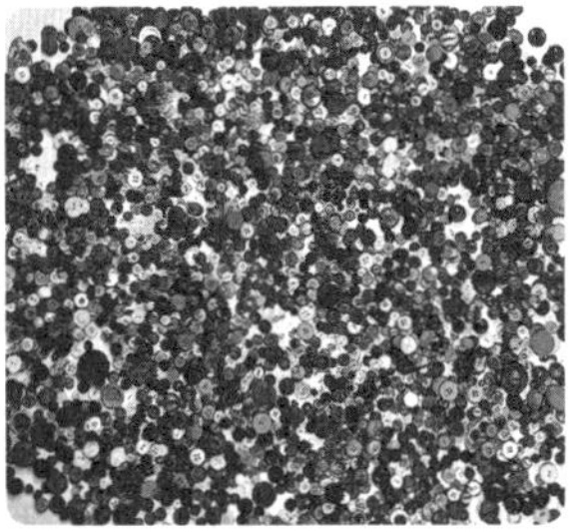

很有趣吧？

是啊。有點像是小型墓園。鈕扣掉了，就把它扔進這座墓園。

外公，你也太厭世了吧。不過我懂你的意思啦。我還是覺得它們是「收藏」。

收藏、安息之地、墓園……都差不多啦。小葛，我這是一針見血。

還是很消極啊……我可以感受到你的語氣。你也知道，對吧？不然我們叫它……時光膠囊好了。

我喜歡。家族鈕扣時光膠囊。

好，順耳多了。

這個叫漢克的傢伙……你覺得我會接受嗎？

一定會，連爸爸都喜歡他。

那很不簡單！細節呢？如果你不介意說的話。

你記得愛莉嗎？

當然囉，這位艾默森小姐令人難以忘懷。

嗯，我們已經不是好朋友了，甚至連朋友都當不成。漢克原本在她的「許可」名單，但後來完全不甩她，跑過來黏著我。大概就是這麼一回事。

我已經開始欣賞他了。

他超級聰明！他收藏蝴蝶和蛾，現在也開始蒐集鈕扣了，而且是深入研究那種。

你離開三天，十四隻大樺斑蝶飛過我們家的花園，準備前往墨西哥。每次想到牠們要經過兩到三代才能飛抵目的地，我就覺得不可思議。你外婆以前沿著花園籬笆種了四叢紫色醉魚草，你還記得嗎？那些大樺斑蝶和鳳蝶總是抵擋不了花蜜的誘惑。對牠們來說是瓊漿玉液，現在也是如此。

外公，我好像又親耳聽到你說話了。我知道你還是很想她。我也是。

對，別難過。幸好鄰居家不近，不然他們會時常聽到我對她說話。你說你可以感受到我的語氣？我也能感覺到她在對我說話。你猜怎麼著？你說的那些，她也對我說過：別再傷心了，要永遠心存感激，還有那些自怨自艾的話，**別再亂講啦！**

哈哈，我好像也能聽到她講這些話！

不過我已經沒那麼難過了。那間工廠老屋正是我現在需要的。這星期我要和承包商開第一次重要會議。我會在屋頂加裝太陽能板，等不及要把產品說明書設計圖寄給你啦。很棒的進展。我沒什麼時間傷心了！

我好開心喔，我愛死那裡了！你知道在你接手前，那棟建築物像什麼嗎？

像什麼？

一座墓園！

哈哈，腦筋動得真快！將我一軍！這星期過得怎樣？很多事要忙吧？做專題、寫報告、與漢克牽手？

外公，「不」好笑。沒啦，這星期沒什麼要忙的。不過鈕扣居然在全校掀起風潮，很呆吧。不曉得還會延燒到什麼程度。

無論情況會怎麼發展，我有預感你絕不會置身事外。好好做筆記，隨時向我回報！

你的大量鈕扣收藏還是祕密嗎？

只有你、我、爸、媽知道。沒別人了。

我不會對任何人說的。

那就好。外公，我愛你。

葛蕾絲，我也愛你。祝你有個愉快的夜晚。

關於那座工廠，你也要好好做筆記，隨時向我回報喔。

沒問題，我保證！晚安。

晚安。

16 輕鬆多了

「今天早上怎麼都不講話？」

「在想事情。」

看得出來媽媽希望我多講點什麼，但我知道她不會逼我。她很能與安靜共處。

況且，假如我真的開口說，她也不見得喜歡聽。自從昨晚和外公傳訊聊天，墓園的事仍讓我耿耿於懷。外婆走了，他還是走不出來。

我問媽媽今早能不能載我上學，她什麼也沒問就一口答應。我想迴避校車上的場景。我覺得那群鈕扣幫會傾巢而出，尋找和我交易的機會。

不過，其實我不確定鈕扣浪潮退了沒。

也許過了一個週末，大家就覺得鈕扣太蠢了。或許突然冒出什麼我沒聽過的新潮流在網路上發燒，導致每個人都對著螢幕目不轉睛，早就把鈕扣忘得一乾二淨。

我的思緒又繞回那座鈕扣小墓園。

「嗯，你覺得外婆現在在哪裡？」

媽媽的臉上浮現一抹淺笑，雙眼直視著交通狀況，但是她對我的問題似乎一點都不驚訝。

「葛蕾絲，這個答案我不是很確定。假如你問的是，你外婆是否還是原來的她、**還在某個地方**，那麼我的答案是肯定的，我相信她還在。但我對這個答案是否像『我相信太陽每天早上都會升起』那樣肯定，我必須說，我沒有那種程度的把握。」

「那你為什麼相信她還是原來的她？你覺得外婆還活著，只是到了別的地方，例如天堂，是這個意思嗎？」

紅綠燈讓我們走走停停，只能在每次綠燈時往前移動一點。媽媽在回答之前，也經過一番思考。

「我不記得有沒有和你說過這件事。我二十歲左右時，曾在大學上過一堂課，教授請全班閉上眼睛坐好，然後問我們：『有沒有辦法想像，自己認識一輩子的世界不再存在了？』我覺得可以，我想像得到。接著她又問：『有沒有辦法想像，你的肉體並沒有坐在某間教室的座位上，你的身體其實根本不在這個世界的任何一個地方？』這次我同樣覺得這樣的情境很容易想像。然後她問：『你有沒有辦法想像，正在想像這一連串情境的自己可能突然停止，然後再也**不**去想任何事情？』我坐在那裡想了一分鐘左右，最後覺得這超過我想像的範疇……完全無法想像。」

「那些問題超怪的！」

「沒錯。原來教授問我們的這些問題出自一位名叫笛卡兒的哲學家，後來我們讀了他的許多著作。但我永遠忘不了那一刻。我也相信外婆還是原來的她，依舊會思考，仍然愛你。愛班恩，愛你爸和我，還有外公。」

「那……你的意思是，人死其實不是真的死去？」

「我的意思是，我覺得有這個可能。但百分之百**確定**嗎？不是。我大概要到**自己**離開世上，或者我沒離開，而是用另一種形式存在，或等我搞懂了我從未停止思考、從未停止做自己的那一刻，才會完全確定答案。到了那時候，我人會在哪裡？又會遇到怎樣的光景？我完全沒概念。至少現在還沒有。」

「所以這是一項理論？」

「沒錯，是理論。」

我沒吭聲，車流又開始移動了。

「好，對不起。」

「別道歉。我很喜歡你時時刻刻都在思考，想這個想那個的，從來沒停過。」

「謝了。」

我們母女倆陷入一陣沉默，後來她才再度發問。

「你爸說你和愛莉有點不合了？」

「呃，目前是這樣沒錯。」

「一定很不好受吧，畢竟你們當了那麼久的朋友。」

「是啊。」

我沒再多說什麼，因為我不知道還能說些什麼。但我還是想到一個問題。「你小學六年級的同學啊，有沒有誰是現在還有聯絡的？」

「沒，一個都沒有。我們家從俄亥俄州搬到麻州，又搬到伊利諾州，之後搬回麻州，卻在另一個小鎮落腳，這些都是我念中學之前發生的事。這樣很難和學校認識的朋友維繫。雖然我知道只要有心，還是有辦法找回失散多年的朋友，不過一旦失聯，就沒那麼多理由重新聯絡了。況且我中學畢業前，還沒有臉書和簡訊那些玩意兒，現在就輕鬆多了。」

「是啊，沒錯。」

輕鬆多了。

「**輕鬆多了**」是個非常棒的概念。

此時此刻，大概有一百件事是我希望能夠輕鬆點的。

只不過純粹「希望」並不科學。

「站在校門口的那個人是漢克・鮑威爾嗎？」

車子開進學校正門的接送區，媽媽說對了。

「是他沒錯。」

「幫我向他問候一聲，好嗎？」

「沒問題。」

「今天要開心喔，葛蕾絲。你不是老是叫妳爸少煩惱嗎？你的建議自己也要聽啊，可以嗎？」

「好，謝謝你送我上學。」

「不客氣。葛蕾絲，我愛你。」

「我也愛你。掰。」

「掰。」

媽媽把車開走，漢克看到我並向我揮手，臉上帶著笑容。

我也回以微笑，一方面為了表示禮貌。但我還有另一個微笑的理由：我發現，今天早上上學比我想像中簡單。輕鬆多了。

17 催化劑

「我剛在校車上做了六筆**超划算**的交易！」

這是漢克在新的一週對我說的第一句話。不是「嗨」，不是「很高興見到你」，也不是「你好嗎？」，所以我猜至少對他來說，鈕扣還很流行。我從沒看過他這麼亢奮。

「上星期五啊，我看見幾個男生用包裝鐵絲串鈕扣，所以我也拿我們星期六找到的復古鈕扣，做了二十條完全一模一樣的。」

「那些同學喔，是啊，我也注意到了。」

「總之，今天早上我在他們做的那幾串鈕扣裡找好貨。有時候整串只挑得出一顆特別的，只要被我發現一顆好貨，我會用兩串換一串，就為了那一顆特別的扣子。這招實在太好用了！最棒的是，我把我想要的那顆從一串鈕扣中取下來，再補一顆回去，這樣又變成另一條鈕扣串，就可以跟人交換啦！很讚對不對？」

我點點頭，同時在腦中計算，因為漢克描述的是一個相當工整的方程式：二十條鈕扣串減去他交換的兩條，等於十八條，後來他又加回一條，變成十九條；減去下一次的兩條，變成十七條，後來他又加回一條，這樣成了十八條，如此這般直到最後只剩一條。這種數學算法有種特殊的名稱……好像是叫作「遞迴」？

漢克說：「現在我還剩**十四條**，而且已經做過**六次**交易了，新換到手的鈕扣有三顆**超特別**的！我可以繼續用這種『兩條換一條』的方法再換十九次！很強吧？」

「很強，超聰明的！」

漢克的這番話使我情不自禁地笑了出來。班恩對他的新單簧管愛不釋手，外公沉醉在他的那間舊工廠中，但漢克對鈕扣已經到了如癡如狂的地步！

他深吸一口氣，看起來有點不好意思。希望不是我無意間流露的表情害他尷尬。

他冷靜下來，正色說：「不過自習課就得收斂一下了。史考特老師立了一項新規矩：教室裡不准出現鈕扣。所以你上語文課前可別忘了噢。你呢？今天有什麼鈕扣交易計畫？」

「沒耶，不過我會密切留意。」

我嘴巴上這麼說，事實上今天我對任何與鈕扣有關的事都不感興趣。

不過我超想知道這股鈕扣熱潮的後續發展，況且，我也答應外公要好好做筆記！

我們走向六年級的走廊。我注意到的第一件事是：今天男生都沒把成串的鈕扣掛在皮帶上了，而是改鉤在細繩圈上。這也說得通，畢竟一串串鈕扣吊在那裡晃來晃去？礙事又礙眼。

我也發現五組二、三年級的學生在走廊上相互比較並交換手中的鈕扣，意謂著這股鈕扣熱潮已經延燒到低年級了。

「你妹現在讀幾年級啊？」

漢克發出一聲呻吟。「三年級。我終於說服我媽在我的臥室房間裝上門鎖，漢娜快把我逼瘋了。」

「她是不是要了好幾顆祖傳鈕扣好帶去學校？是不是和你一樣熱中蒐集鈕扣？」

「才怪，她根本沒興趣。她是瘋狂科學家那一型的，上星期把五個洋娃娃的頭、手臂和腿都拆下來，裝在不同的軀幹上。我媽氣瘋了，但我叫她別擔心。把無聊的洋娃娃重新亂組其實滿天才的，現在她有五個全新的科學怪人娃娃了！」

我聽了噗哧一笑，並試著回想愛莉是否也這樣逗我笑過。有……不過沒那麼頻繁。

我是不是在比較漢克和愛莉？不是。

可是我明明一直暗中比較。

真希望我可以停止評論自己的想法，但這麼做只是讓我想更多。

漢克也在思考。

「我們可以歸納出幾種類型的鈕扣玩家？放眼望去，目前我只見到一位真正的『收藏家』，那就是我。我是狩獵採集者。另外還有像他那種的。」

他指向一個男生，那人拿了一條鞋帶繫成的圈在手上晃呀晃，上頭肯定穿了四、五十顆鈕扣。「或許可以把他歸為『累積者』，凡事只求多。」

「還有商人，喜歡交易買賣更勝過喜歡鈕扣？」

漢克點點頭。「『商人』這一型絕對可以自立門戶。」

「我還看到三、四個『色彩迷』，那些同學只著迷特定一種顏色。」

他微微笑。「當然也別忘了『金屬控』。」

「對，『軍系金屬控』是它底下的分支。」接著我提出一個問題，但努力不要表現得太好奇：「那愛莉呢？可以把她歸到哪一類？」

「嗯……『工藝家』？畢竟她做了那麼多手工藝品。不過……愛莉說服大家帶鈕扣來學校，在午餐時間分享對吧？那算是推動事件的一種影響力。還有，她上星期做的第一條手鍊，吸引了無數學生的目光。所以，或許稱愛莉為『時尚領航者』也不為過，這表示很多人跟風。」

這個問題我雖然不敢問，但終究還是說出口了。「那麼……你會把我歸在哪一類？」「你嗎？」

他不由得怔了一下，我擔心這個問題讓他尷尬到無言以對，讓他覺得我想裝可愛或只是……

「我想到了！你是『催化劑』，不過這並不是一個『類別』，因為整起事件只有一個催化劑。是你掀起了這波浪潮。你上星期午餐時不是送了一些鈕扣嗎？那些扮演了**關鍵性的作用**！如果沒有你，就不會引爆這股鈕扣風潮。我不會開始蒐集鈕扣，也不會知道什麼是電木，它又是怎麼用來做那些精美的裝飾藝術鈕扣，就連『裝飾藝術』是什麼，我都不會知道！」

催化劑。

我喜歡。

喜歡到我都要臉紅了。

我是化學課認識這個詞的。催化劑能釋放能量。只要添加對的催化劑，整個流程就會加速，例如固體變成液體，或者液體蒸發成不同氣體。

不過，催化劑也可能使一切起火燃燒，炸毀整間實驗室。

所以，沒錯。催化劑葛蕾絲。

我們在美術教室布告欄前面停下來，因為漢克必須走去史考特老師的教室了。他似乎有話要說，於是我停下來等。

我猜中了。

「午餐時間見囉？」

「好。」

「對了，今天別為愛莉的事心煩了。她以為自己什麼事都是老大，但根本不是那麼回事。你比她聰明十倍。也善良十倍。」

他說最後那句話時，臉上浮現一抹淺笑。

「謝了。」我回以笑容。

然後我和漢克便分道揚鑣。

所以……是不是我看起來愁眉苦臉，所以漢克認為需要鼓勵我一番？

因為我的確需要打起精神。他的信心喊話很有用，我覺得好多了。

不過，當我愈靠近郎老師的教室，信心卻漸漸消散。

我還沒準備好面對今天會發生的……面對愛莉、面對那些搞笑的鈕扣迷。真希望這些鳥事全部消失。

即使「希望」並不科學，我也不在乎了。

儘管如此，除非我打定主意當縮頭烏龜、衝去保健室，否則這一切我也躲不掉。因為上學這檔事？只要敲響上課鐘聲，就得一直到放學。

我的這一天從朗老師的教室揭幕。此時此刻開始。

18 只是一顆鈕扣

我實在不該擔心愛莉。她忙到根本沒時間在乎我。

如今她的鈕扣首飾已經有了自己的品牌名稱，「愛莉原創」。她在郎老師教室門口一進來的桌上擺了個招牌，所以經過走廊的女生們就能稍作停留，拿她們最棒的鈕扣去換項鍊、踝鍊，還有她最新的手鍊。

不曉得……**愛莉會不會賣抽獎券，獎品是到她家住一晚？**

我真小心眼。

不過，這的確是愛莉的作風，可惜她沒那麼聰明，所以想不到這招。

我這麼想，心眼更小。

我走進教室，直接從她面前溜過。

過了兩分鐘，緊接著是三分鐘，她還是忙得很，眼裡只有她的顧客。

雖然……愛莉也有可能裝作沒看到我。

因為我就是這樣，不停偷瞄她，很可能她也是這樣對我。

當然這也可能是我一廂情願的想法。

無論如何，只要能保持零接觸，平安無事的過完這節課就好。然後就只要等到社會課才會再見面。

郎老師一定注意到了這陣鈕扣旋風，怎麼可能沒注意到？不過，她的兩眼還是緊盯著筆電螢幕，專注的寫教學計畫，彷彿很期待校長今天巡堂十次。

我眺望窗外，建築物旁邊的柏油路一覽無遺，三、四、五年級的上課鐘聲還未響起。一群四年級男生正在玩遊戲，他們全都站在一條線上，手裡各拿一顆鈕扣，扔向柏油路面用粉筆畫的靶子。鈕扣扔得離靶心最近的人，可以將其他參賽者的鈕扣納為己有。只見操場上學生三兩成群、互傳鈕扣，來回翻面鑑賞，彼此交換。以「鈕扣」為玩樂重點的同學，人數遠超過那些追逐奔跑、丟球、盪鞦韆和溜滑梯的學生。

鈕扣啊！我還是搞不懂這東西！明明上星期三只有八位同學帶鈕扣來，趁午餐時間在愛莉那一桌展示。

這不過是五天前的事，現在居然全校皆瘋。真的有可能在短短五天內就掀起這股熱潮嗎？

事實上，這是**非常**有可能的事。因為在操場上和這間教室的活動，就是我親眼看到的證據。改變正在發生！

「嗨，葛蕾絲。」

「噢，嗨，布魯克。你好嗎？」

「還好。」

「那麼，你有沒有到愛莉家過夜啊？」

這只是句玩笑話，但布魯克沒聽懂。她搖搖頭，然後往門口瞥了一眼。

「愛莉都不和我說話了，連看都不看我一眼。」

「我懂，我們兩個今天大概都是隱形人吧！」

她臉上一絲笑容也沒有。

我實在不該繼續拿這件事說笑，至少不該對布魯克說。

「愛莉星期六找泰勒到她家過夜。我大概真的把她惹毛了吧。但就像你說的，我又沒答應要跟她交換。這是事實啊！」

「嗯，真的很抱歉，我不應該跳進來攪局的。我猜我大概是太想要那顆紙風車鈕扣了。」

「沒關係啦。我是說，那只不過是一顆鈕扣嘛。假如有人要為它大發飆，鬧得這麼僵，那也不是我的錯。對吧？」

「對。」

但布魯克其實把錯攬在自己身上，這正中了愛莉的圈套。

愛莉在她虛構的太陽系中央，而我和布魯克呢？我們在失落的月球後方，某個冰冷陰暗的角落，而且額頭上都黏著一個大標籤：

愛莉不和我當朋友，這全都是我的錯！

但實際上，如果真要追究責任，也該怪在**我**頭上。

假如我沒去爭取那顆鈕扣，我們三個現在還會是朋友，或至少能像以前那樣聊天。還有一起吃午餐。在愛莉那一桌吃。

那也不壞，事實上，那還真不錯。

我猜的。

而布魯克呢？她百分之百是無辜的。她不該被捲進我和愛莉之間的衝突。這就好像我開啟了一個黑洞，如今萬有引力把大家都吸了進去。

「喏。」我把手伸進口袋，將那顆紙風車鈕扣遞給她。「把這顆拿給愛莉，看她還願不願意換一條手鍊還是什麼的給你，那你就能與她和好。」

「可是，這顆現在歸你所有了。」

「我知道，但就像你說的，這只不過是一顆鈕扣。還給你，我會好過很多。」

笑容使布魯克看起來像變了一個人。

「太好了，葛蕾絲。謝啦！」

「不客氣。」

我盡量不往那邊看，但不禁瞧見布魯克走去愛莉的店排隊。然後她們聊了幾句，互換鈕扣，接著愛莉站起來給布魯克一個小小的擁抱。

我將目光移回那群三、四年級同學，看他們在教室外交換鈕扣，或互相用鈕扣丟來丟去。

我的確沒那麼難受了。

好心情持續了一整天。我在社會課、午餐時間、體育課和語文課都有見到愛莉。我們雖然沒有交談，但我感覺到她好像對我微笑了好幾次。

還有五分鐘就要放學了。這時布魯克走到我的桌前。她手腕上戴著新手鍊，縫了白鈕扣的藍色緞帶。

「愛莉要我把這個交給你。明天見囉，再次感謝！」

那是張摺得像信封一樣的紙，封面是愛莉用漂亮的草寫字體寫的文字：

布魯克跟我說了你的事，
所以我想把這個給你。

我把紙拆開，裡面居然是那顆紙風車鈕扣！

只不過……不完全是了。

它被掰成鋸齒狀的三小片，早已面目全非。

19 傷疤

我不生氣，我不生氣，我不生氣！這只不過是顆愚蠢的鈕扣，我才不在意！

這只是顆愚蠢的鈕扣，今天早上我就覺悟了，所以才會毫無芥蒂地還給布魯克，隨它去，我想讓我們的宇宙回歸和諧。

現在落得什麼下場？如今，這顆鈕扣代表愛莉做過的每一件缺德事，每一件我默許的、連想都沒想過的事。

因為愛莉小心眼也不是一兩天的事了。她一直以來都有點小過分，只是沒那麼囂張，沒那麼明目張膽。

以前每當愛莉跟我說悄悄話，說哪個女生衣服很醜，或誰的鼻子長得很好笑，或哪個女生講話太大聲或說了什麼蠢話，我總是在一旁跟著笑。

這次目標換成我。

所以大概是我活該吧。

我到底是喜歡愛莉哪一點？又為什麼以為我和她是感情超好的閨蜜？

這個問題很難回答。

我也赫然發現，其他同學一定也覺得我很壞，因為我是愛莉的朋友！

會不會每天和她朝夕相處，讓我也變得小心眼？我被傳染了嗎？從科學角度來看，小心眼這種病也會……蔓延嗎？

我容許自己變得多壞呢？我是不是得跟愛莉一搭一唱，才能維持這段友誼？

一定是這樣。

同時我也知道，把愛莉想成一個大壞蛋其實不太公平。畢竟我看過她善良的一面，這是事實。她有時也很大方，可以這麼說啦。而且也算是親切，還很機伶，也有傻乎乎的時候，甚至有貼心……非常貼心的一面。

比方她講到祖父西裝上的鈕扣，結果忍不住哽咽？這徹底展現了她感性的一面。

所以，或許我該找到最不小心眼的方式，來處理這起……意外。

或許我該繼續對愛莉好，無論結局是好是壞。

又或許我該放手，隨它飄到外太空，不做任何回應，任憑這段友情消失無蹤。

放學鐘響，我仍坐在桌前。這時我發現自己的右手陣陣作痛。於是我低頭一看，攤開疼痛的手掌。

原來我一直緊握著碎裂的紙風車鈕扣，力道大到鋒利的稜角已經深入手心的肉，壓出小小的、紅色的凹痕。

像是傷疤。

水到達冰點就會立即結冰。而我就像瞬間凍結似的，我當下做出了決定，是清楚、冷酷、無情的決定。

我**不會**讓愛莉這樣為所欲為。

20 變調的熱潮

「所以……我聽說拿一條手鍊可以換你的八顆鈕扣。這是真的嗎？」

提問的是奧黛麗．哈肯。她有上凱西老師的課，目前正在瀏覽我那袋特別版鈕扣。

「沒錯，喜歡哪顆儘管拿。」

「好耶，這條你收下吧！」

她將一條手鍊啪嗒一聲擱在餐桌，開始精挑細選。

我至少還留有一百顆這種特別版鈕扣在學校，這對我來說很有利，因為它們超受歡迎。不過，我另外裝了六袋高級的復古鈕扣，本來打算上星期在愛莉的鈕扣會午餐時倒在托盤，只是後來作罷。

奧黛麗離去的同時，我對她說：「一定要跟你們班的同學說我在找手鍊和項鍊喔，我這裡還有很多超讚的鈕扣等著跟大家換！」

在這個風和日麗的週二早晨，我的新生意也進展得如魚得水，就連招牌都人見人愛，「葛蕾絲的超正點好貨」。截至目前為止，我已經換到九條手鍊、三條項鍊和一條腳鍊，全都是愛莉做的。而且午餐時間還有十五分鐘才要結束。如果一切進展順利，今天放學前，大部分的「愛莉原創」都會歸一個人所有，也就是**我**。

午餐時間一到，漢克就開始觀望，我可以感覺到他的眼神、他的疑問，也感覺到他不是那麼贊同。原因並不在於我讓出許多珍貴的復古鈕扣，畢竟我已先讓他挑過那些扣子了，而且不用經過交易就讓他收藏。

所以他不贊同的不是這件事。

是的，漢克看出事有蹊蹺。我還沒給他看那顆碎掉的紙風車鈕扣，但他察覺到我目前的作為別有居心，有點針對、有點尖酸，還有一點陰沉。

他的觀察很正確。

因為我換鈕扣不只是為了好玩，而是為了宣戰。「葛蕾絲的超正點好貨」與「愛莉原創」對決，這場仗非拚個你死我活不可。

好啦，這樣形容太戲劇化了。

但無論這叫什麼，目前我都居於優勢。

贏的感覺真好。

我發現愛莉從她專屬的特別餐桌往我這裡看了好幾次，試圖猜測我在搞什麼，但她驕傲到不願走過來一探究竟。再說，她也沒聰明到要派間諜來刺探敵情，換作是我就會這麼做。

況且，她知不知情，我都沒差，反正她也阻止不了我。畢竟說到鈕扣，我大概是全世界最富有的小孩了！

又有一位顧客上門了，這回來的是布魯克。

「我很喜歡你的招牌耶！你這裡有什麼好貨呢？」

「喔，妳知道的。這些你早看過啦。」

她拿起上週五看過的同一袋復古鈕扣，就是我用來和她換紙風車鈕扣的那一袋。

「我**愛死**這隻海馬了！這裡還有一隻，湊成一對真是絕配！真不敢相信之前我漏掉了。妳想和我交換什麼東西嗎？」

「老實說，我很喜歡你戴的那條手鍊。這樣好了，這兩隻海馬外加另外六顆鈕扣隨你挑，換這條手鍊如何？」

「我不曉得耶……這條手鍊真的很美。」

「的確很美。所以你還是留著好了。」

「好。」

老實說，我不希望再把布魯克扯進來了。

但她還是樂此不疲的翻找鈕扣袋中的東西。

「噢！你看這顆，長得好像知更鳥喔。為什麼這顆是透明的，但海馬那顆不是？」

「你可以問問漢克。」

漢克從他那杯水果沙拉前抬起頭，布魯克拿著鈕扣走向他在桌子尾端的位置。

「這隻鳥的材質是賽璐珞，所以顏色才會這麼亮，不過光線也能穿透塑膠。還有，這顆鈕扣滿古老的，大概有七十年的歷史了。而這些海馬是用電木刻的，密度要大得多。同樣歷史悠久。」

他回答得鉅細靡遺，只是不開心被我扯進這份生意。眼看布魯克那條附小白鈕扣的可愛緞帶幾乎就要成為**我的**了。這點漢克很清楚，而且他不想參與我的行動。

布魯克走回來站在我旁邊，我向她開了個價。

「不然這樣好了，我用兩隻海馬、這隻知更鳥，外加另外**七顆**鈕扣，總共十顆高級鈕扣，換你這條手鍊。畢竟它這麼漂亮。」

「嗯……這樣滿划算的。好，成交！」

我就這樣輕而易舉的得到愛莉原創的另一件作品。

布魯克離開時，漢克正準備去倒他的托盤。但他沒起身，反而滑向我這頭的餐桌。

「我從來沒見你戴過手鍊或其他首飾，況且愛莉也不是用什麼稀有或特別的鈕扣做她的飾品，所以我不懂你幹嘛要蒐集。」

「答案很簡單。因為等愛莉發現她的原創作品全都歸我所有，一定會氣炸的，而且又拿我沒辦法。我要給她一個教訓。」

「所以……妳要報復她把你從她那桌趕走？」

「這是原因之一。」

「還有其他原因？」

「很複雜啦，需要一整天的時間才能解釋清楚。」

漢克看我一眼。「我搞懂星球的軌道是怎麼運作了。你覺得你的事比它更複雜？」

「事實上，沒錯。搞懂我和愛莉之間怎麼了，和破解數學難題是兩回事。如果可以用同樣的邏輯看待，世界上所有的戰爭就能在一週內停火了！」

「那……你們這場對決什麼時候會結束？」

我聳聳肩。「等我贏了，等愛莉……」

「放手啦！」

我轉身一看，只見凱文用手肘撞寇帝。他們距離我們兩張桌子遠，桌上各有一個盛滿鈕扣的托盤。

「那顆是我的，你知道還拿！」

寇帝一躍而起，回推凱文一把，接著想從凱文的托盤上抓些什麼，但是沒拿到。兩個托盤都從餐桌的另一端飛出去，幾百顆鈕扣就這樣在磁磚地板上彈跳。

「凱文！寇帝！給我住手！」

凱西老師和管理員往他們的方向走去，但凱文起身環抱住寇帝，兩個人在地板上扭打了起來。凱西老師和羅勃茲老師把他們分開的同時，其他同學正吵吵鬧鬧，追逐四散在學生餐廳裡的鈕扣。宛如一場暴動，而且是在三秒內引爆！

漢克環視周圍的一片混亂，然後將目光移到我身上。

「我去年做克倫代克淘金熱的報告，讀到探勘者和礦工大打出手。看來這場瘋鈕扣熱潮要變調了。還有，你的那場小對決也弄得不太好看。」

說完他就端著托盤走了。

我討厭被罵，尤其這是我自找的時候。

因為漢克說得對，我被復仇沖昏了頭，確實把場面弄得很難看。

值得慶幸的是，我還沒把自己的計畫全盤托出，因為我打算把愛莉的「原創」作品還給她，而且每一件都要碎屍萬斷。

假如聽到我這番惡毒的言論，漢克肯定會大為震驚。

說不定還會嫌惡。

只不過，我不在乎。我的所作所為不合邏輯，而且毫無科學根據……我懂，我明白，我也接受。

那我為什麼還要一意孤行？因為愛莉．艾默森需要得到一個教訓，在她小心眼、嬌縱、自私的一生中，從未得過的教訓。她需要一次毀滅性的慘敗。

而她也會得到這個教訓。下手的人是我。

我的腦中冒出一個問題。

我試圖將它拋諸腦後，但字串還是逐漸成形，令我無法忽視。

假如我真有那麼厲害，贏了我和愛莉的這場對決，那為什麼我的心情還是這麼差？

21 廚房開講

班恩把背包扔到椅子上，然後定住不動。他先是看著餐桌，再把視線移到我身上。

「這是什麼奇怪食物的狂歡節嗎？」

「沒啊。不要多管閒事。」

班恩端詳著攤在我面前那些吃剩的零食。

「水蜜桃優格、薄荷巧克力餅乾、一整條麗滋餅乾、半塊切達乳酪，還有兩小罐番茄汁，你居然在十五分鐘內就吃光了。這樣很明顯，沒錯，一切好得不得了。」

「**不要多管閒事！**」

他走向冰箱。「嘿，還剩一個優格！」

他在我對面坐下，撕開優格的鋁箔紙蓋並吃了起來，用一根超大的湯匙，故意吃得唏哩呼嚕。

「吃東西不要那麼噁心好不好？」

「你吃掉**那麼多**，還說我噁心？」

他速戰速決，然後坐在原位。我知道，除非我開口，不然他不會離開。

事實上，我在等他先講話。

不過，我還是希望……等我問完他幾個問題之後，他別多管閒事。

「呃，你知道潮流是怎麼運作的嗎？」

他點了點頭，又聳了一下肩膀。「應該吧，略懂一些。就是突然冒出一件新鮮事，所有人都跟著瘋狂，等大家都厭煩之後，潮流也退了。這樣說合理吧？」

「還算合理。那要多久大家才會對某件事物感到厭煩？」

「不一定耶。你看過那些指尖陀螺吧？」

「有啊，我們學校之前超多的，不過現在幾乎都消失了。」

「沒錯，我們學校也一樣，退流行了。不過它撐滿久的，因為製造公司不斷想出新花樣。比方加裝LED燈，那些滿炫的。它之所以能流行那麼久，另一個原因是同學們常上網看五花八門的玩法。儘管如此，雖然指尖陀螺曾經紅透半邊天，一旦開始退燒？

咻的一聲就不見了。」

「假如你想在大家膩了之前就讓流行退燒呢？有沒有什麼方法？」

「哦，所以話題又回到鈕扣囉？」

「對，回到鈕扣。**一直以來都是鈕扣**。」

「嗯……這個嘛，首先，鈕扣不像橡皮圈或陀螺，同學要用買的才能得到。幾乎每個人都有辦法弄到鈕扣，光是從舊衣物拔下來就能蒐集到一把。到處都有鈕扣，而且大部分不用花半毛錢。」

「對，這我知道。」

「再來，鈕扣也不是什麼新發明，所以我猜鈕扣風潮算是特殊案例。不過，親眼見證熱潮在你們學校流行的人是你。依你看，它是怎麼紅起來的？」

「一部分像你說的，每個人多少都有幾顆，很多同學喜歡互相交換，而且鈕扣的種類樣式很多。不過另一項重點是，同學不斷想出玩鈕扣的新花樣，好比發明遊戲、做手鍊之類的手工藝品，聽說有四年級生還拿鐵絲做鈕扣雕塑藝術。像今天我搭校車回家，就看到一個男生把兩百顆鈕扣串在細繩上，做出一條蛇，他用迷你鈕扣做尾巴，愈到中段鈕扣愈大，頭部則是用不同大小的鈕扣設計。有點嚇人，但也滿酷的。到了明天，說不定到處都能見到鈕扣蛇，搞不好還有鈕扣小青蛙或鈕扣昆蟲。誰知道呢？因為陀螺只會做一**件事**，那就是**旋轉**。但任何小孩想像得到的東西，鈕扣都能做到。每個人對鈕扣的需求只會愈來愈多，而且，看樣子大家還沒玩膩。只有我例外。」

班恩眼神放空，一動也不動的坐著。

看著班恩，有時候像是看著自己鏡中的倒影。因為此時此刻，我知道他在幹嘛。他想到一個點子，正在研究理論或草擬計畫。

於是我等著。

一千零一、一千零二、一千零三、一千零四……

此刻，班恩換了個嚴肅的表情。

「為了扼殺這股鈕扣風潮，你願意付出多少代價？」

「**代價**？什麼意思？」

「我的意思是，你終止這股旋風的慾望有多強烈？對你來說值得嗎？」

「非常值得。」

「好，我懂了。下一題，你對經濟學的了解有多少？」

「呃，大概介於**完全不懂**跟**略懂**之間。」

「沒問題。但首先我要強調——我沒指使你做任何事。聽懂了嗎？我只是要解釋一兩項概念。」

「有關**經濟學**的概念？」

「對，經濟學。這很有意思，我保證等我解釋後，你就會想出點子……關於採取什麼行動。但是，我沒指使你做任何事喔。」

「這句話你已經說兩遍了。」

「因為這很重要。」

我瞇起眼，用幾乎瞇成一條縫的雙眼看他。

「這件你**沒**指使我去做的事，怎麼聽起來有點危險？或會害我惹上麻煩？或兩者都是？所以你不想要承擔責任。」

班恩完全茫然地盯著我，面無表情。「你到底想不想學經濟學啊？」

「想，至聖先師，請你教我，**拜託**請你教我！」

他忽視我挖苦的語氣。「好。但是別忘了——」

「我知道，你完全沒有指使我做任何事。」

「答對了。」

22 供需關係

學生餐廳北邊的窗戶面對著學校後方的操場，於是從我和漢克同坐的那張餐桌就能將操場盡收眼底。今天早上原本下著雨，不過現在放晴了，這是星期三第一次能讓同學們出去玩的時間。

「葛蕾絲的超正點好貨今天怎麼沒營業？」

「嗯……你說什麼？」

「我說，你今天沒和人換鈕扣，也沒有擺招牌出來。怎麼啦？」

「噢，對。休息一天。」

漢克先是看了看我的臉，過了一會兒轉頭凝視窗外，因為這是我正在做的事。

後來，他看見我眼中的景象。

大約有三十個五、六年級學生在草地上半走半跑，然後停住並蹲下，接著不斷重複同樣的動作。

「外面**是怎樣**？」

「不曉得，很怪對不對？」

在不對漢克撒謊的情況下，我只能說這麼多。我不想對他撒謊。

因為事實上，我知道得**再清楚不過了**。

關於經濟學，班恩說得沒錯，的確很有趣。特別是「供需關係」，那是他真正想要解釋的部分。

他化身大學教授之類的人物，整個人正經八百，昨天放學後，我們家的廚房變成他的講堂。

「供應與需求的概念很簡單。如果某樣東西的供應量很低，就表示數量少、不好取得，因此物以稀為貴。至於某樣東西很貴重的概念？叫作『需求』，基本上就是你想要或需要某樣東西的一種感覺。」

班恩看得出來我一聽就懂，於是繼續往下講。

「以甜甜圈當例子好了，想想看，我們這區只開了一家甜甜圈店，而絕無僅有的那家店每天早上只做出兩個甜甜圈。這是非常少的供應量，對吧？因為人們超愛吃美味的甜甜圈，大家會為了那兩個甜甜圈爭先恐後，這表示『需求』量很高。與其付九十九分錢，一個人可能願意出高價，或許高到五或十美元，只為了買一個甜甜圈。此外，也許會有很多人想要搶頭香，當早上第一個出現在甜甜圈店門口、排隊買美味甜甜圈的顧客。畢竟全區就只有兩個甜甜圈！」

到目前為止，我都能理解，不過班恩想要確定我懂，於是打了一個相反的比方。

「可是，假如我們鎮上開了十五間甜甜圈店，每個早上每間店都做出一千個可口的甜甜圈呢？如此一來，甜甜圈的供應量就非常高了。這樣人們還會認為他們得衝去甜甜圈店搶購嗎？不會。人們還會願意付五美元買一個甜甜圈嗎？不會，因為現在甜甜圈已供過於求，每天早上都有一萬五千個甜甜圈耶！當供應量高到這個程度，那需求量呢？那種『我現在非得把甜甜圈弄到手！』的感覺？它會徹底消失。搞不好甜甜圈的數量多到人們都嫌膩了。所以，最重要的概念來了──一樣東西只要供應量超高，需求量就會降到極低，**任何東西**都不例外。」

這是整堂經濟學課中我最愛的句子了。

然後，班恩頓了一下，直視我的眼睛，再緩慢的複述同一句話：「**一樣東西只要供應量超高，需求量就會降到極低，任何東西都不例外。**」

班恩對我開講的同時，在筆記本的其中一頁塗鴉，畫些甜甜圈、店家窗戶、樹木等，讓人看了有點分心。不過我已準備好迎接這堂課的尾聲了。

「你的經濟學課上完了，」班恩面帶微笑說。

「什麼？可是……可是你明明說我聽完會有想法啊，說我……」

他舉起手來。「沒了。我說完了。而且我沒指使你做**任何事**。」

接著班恩便把那張塗鴉的紙從餐桌推給對面的我，他抓起背包，走出廚房。

只剩我一個人坐在那，努力回想他說過的一字一句，注視著他畫的那張小醜圖。班恩很沒藝術天分。樹沒那麼難畫吧，店家窗戶也是，他畫的圖實在很不精準。我發現他連甜甜圈這麼簡單的東西也能畫錯，因為其中有兩、三顆小到離譜，不只如此，他還把中央畫成兩個孔，而不是一個洞。

這下我才恍然大悟，搞懂我聰明絕頂的老哥有何用意。這些不是什麼兩孔的甜甜圈，他畫的其實是鈕扣！

如班恩所保證的，我想到一個點子。打算採取某項行動。

有點冒險，而且保證讓人尖叫。

但我還是做了。

昨晚天一黑，我立刻從家裡溜進車庫。早在晚餐前，我就把四箱鈕扣從房間搬到樓下，其中三箱裝著灰色小鈕扣，另一箱混著各種亮色鈕扣。我將鈕扣倒進露營用的背包裡，再揹上背包，繫上胸前扣帶，然後跨上腳踏車騎過七條街到學校。接著，我抓出大把大把的鈕扣，將它們全撒在操場各處。我騎腳踏車回家，重新把鈕扣裝滿背包，再騎到學校猛扔一陣，接著是第三趟、第四趟。整個行動花了我一個多小時，我趕在媽媽上樓和我說晚安前回到樓上臥室。

我為何要把超過十五萬顆的鈕扣撒在全校操場？因為那堂經濟學的課。這麼做是為了改變艾維利小學的鈕扣**供應量**！

等我吃完午餐，有一群中高年級學生在外面撿鈕扣，漢克也在其中，簡直就像在白宮草坪上找復活節彩蛋。即使離這麼遠，我仍能看見好幾個被鈕扣塞得鼓起來的口袋。

根據經濟學老哥的說法，增加鈕扣的供應量可以降低大家對鈕扣的需求。這是一項理論。

而我已在現實生活中成功做了一項實驗。

所以，現在只要靜觀其變就可以了。

等到星期三放學，校園裡已多出很多很多鈕扣，大部分又灰又小，大概只有兩萬顆是顏色鮮豔的大鈕扣。

放學鐘聲響起，三名五年級的女生在郎老師教室外的走廊狂奔，衝到我面前，拿她們最漂亮的愛莉原創作品，跟我換幾顆特別版鈕扣。

如今愛莉已經看穿我的詭計，她在經過的時候瞪了我一眼。

不過，這三次的交易出乎我的意料。我以為在校園撒了這麼多鈕扣，會一如班恩所說的，徹底扼殺鈕扣的需求量。

但後來我認清一項事實——我的特別版鈕扣還是罕見，因此需求量依然居高不下。即使多出大量的普通鈕扣也毫無影響。此外，愛莉原創的需求量也同樣不減，因為唯一能換到我稀有的特別版鈕扣的，就只有她的作品。

我上校車後，許多操場上撿的鮮豔新鈕扣正在轉手。熱絡的交易令我大為吃驚。

我開始覺得，這項經濟學實驗其實只帶來一項改變：我家臥室的鈕扣少了四箱。

另外，不用說也知道，我還是沒和我的好姊妹和好。

23 直搗祕密核心

星期三下午快回到家時，我的電話響了……螢幕上跳出「漢克」的名字。其實我不想和他講話，但也不想表現得沒禮貌。

「嗨，漢克。」

「嗨。我剛到家。我把今天在操場上撿到的鈕扣，拿來和我從你的托盤拿的鈕扣比對一下，就是大家第一天帶鈕扣去吃午餐的那次。我還滿確定它們是同樣的鈕扣。」

我什麼話都沒說，所以他繼續講。

「顏色、材質、大小、圖案……全都一樣。而且一些深紅色鈕扣背面有個細小的鑄模痕跡……我從你那裡拿的鈕扣也有痕跡，跟我今天在操場上撿的鈕扣一模一樣。」

「很有趣。」

「是啊，很有趣。所以，我認為把那些鈕扣撒在學校操場上的人就是你。我很想知道對不對。我也想知道這算不算是你和愛莉之間的對決。」

「呃……我不太想回答耶。」

「喔。好吧，很好。希望你今天過得很好。」

「等一下！不要掛電話。」

「我還在線上。」

「你說得對……我確實把鈕扣撒在操場上，但那不算是我和愛莉之間的大對決。那是一場實驗，我想知道自己能不能阻止一時流行的風潮。我只是……只是希望那場風潮停下來。」

「而你認為用**更多**的鈕扣淹沒整個學校，就可以讓鈕扣從此消失？這樣說不通啊。」

「嗯，班恩告訴我一些供應和需求方面的事，如果某種東西的供應量上升，需求量應該會下降。舉例來說，如果到處都有幾千個甜甜圈，大家看到甜甜圈就會覺得很噁心，不會很想吃。」

「對啦……如果是甜甜圈，我懂那樣的道理。可是呢，萬一這種風潮比較像是森林大火……而**你**只是加入更多的樹木呢？」

「就像我說的，那是一場實驗嘛。」

「對啦，我懂。可是……你到底在操場上撒了多少顆鈕扣啊？」

我差點就說：**我不太想回答**。

但我沒這樣說。

「你可以過來這裡嗎？」

「去你家？現在？」

「對啊，現在。來我家。」

門鈴響起時，我和媽媽同時到達門口。

「嗨，哈姆林太太。嗨，葛蕾絲。」

漢克騎腳踏車騎得上氣不接下氣，不過我很高興他花了一點時間才到達這裡。這幾個星期以來，我的衣服第一次全部收好歸位。

「漢克，進來吧。很高興見到你。」

他對我媽點點頭。「謝謝……我也很高興見到您。」

媽媽有點驚訝。我沒對她說漢克要來。

「漢克過來看看我的……收藏品。在我的房間。萬一想要吃點心，我們會自己去拿，好嗎？」

「當然好，沒問題。我就在辦公室。」

我的房間現在看起來比較沒那麼凌亂，但衣櫥還是像廢墟一樣，所以我把三箱鈕扣搬到外面，堆在高高的書架前面。

漢克站著不動，就在剛進門的地方，然後慢慢環顧四周。

已經很久沒有新朋友來我的房間了，不過，反正沒有其他人對我的東西真正感興趣。漢克仔細檢視每一件物品，有點像用我的新手機拍攝全景照片。

他指著我的梳妝台。「**那些**，不管在哪裡我都認得！」

他走過去，拿起藍色玻璃罐，裡面裝滿小小的灰色鈕扣。

「至少連**我家**都有很多這個……一模一樣的鈕扣！」

「是啊，我在操場上扔了一大堆。」

「所以……你是從工廠得到的，對吧？在麻薩諸塞州？」

「猜得好。」

「比較像是推論。你給大家看鈕扣時，同時秀出從工廠得到的其他東西，所以我猜你一定有更多鈕扣，不只帶到學校那些。而從一開始，你一直有很多鈕扣……更何況，你好像從來不擔心把鈕扣全部送光。」

他對書架前面的整堆東西點點頭。「那些箱子裡面有更多嗎？」

「對啊。更多鈕扣。」

「所以，你在學校扔了多少鈕扣？」

「四箱。」

「哇！而你還剩下這麼大的**三箱**？」

「其實呢，你該看看我的床底下。」

「不會吧……**真的嗎？**」

「真的。」

漢克蹲到地上，掀起滿是灰塵的床單褶邊，接著吹了一聲又長又低沉的口哨。「哇喔！我可不可以拉一些箱子出來，看看你這裡到底有什麼？」

「當然可以……所有的箱子你都可以看。」

我坐回自己巨大的百科全書扶手椅，看著漢克打開一個又一個箱子。而現在，我終於明白爸媽看著我打開禮物的感受了。

打開第四箱時，漢克找到一些很炫的鈕扣。

「你看**這些**……我真不敢相信！」

「對啊，我很愛那些，還有另外兩箱也像那樣。」

「**怎麼可能**！有些值一**大筆錢**耶！這些紅黃相間的鮮豔電木？隨便一顆都可以賣個十美元吧，而你有幾十顆，**甚至**還有原本的商店價目表！」

打開五到六箱之後，班恩出現在我的房門口。

「漢克，好久不見！那麼……葛蕾絲有沒有叫你發誓保持沉默？就是不准告訴別人，她是囤積鈕扣的怪咖？」

漢克一臉茫然的樣子。他搖搖頭。

「班恩，非常好笑。你現在可以走了。」

「因為她要我發誓不會告訴半個人。你一定是超級特別的年輕人。」

「媽！班恩在鬧我們啦！」

「班恩。拜託，過來這裡。」

「來了，母親大人。」班恩對我們嘻嘻笑。「嗯，祝你們兩個玩得開心，好嗎？」

我的臉紅了九次吧，但是漢克似乎沒發現。他已經開始深入研究新的一箱，全是亮藍色的賽璐珞鈕扣，他正比較著各種不同大小的鈕扣。

等到最後一箱開箱完畢，漢克背靠著我的床尾，一雙長腿在地板上伸得直直的。

「呼……你外公把這些全部從麻州寄過來？」

「對呀，開學第一週寄到這裡，放在超大的木頭貨架上。」

他靜默了好一會兒，然後說：「我知道班恩是在開玩笑，不過，有其他人知道你有這麼多鈕扣嗎？」

「我、外公、我爸媽、班恩，現在還有你。就這樣。」

「嗯，你根本**不是**怪咖！如果班恩真的知道這些鈕扣總共值多少錢，他就不會取笑你了！」

「對啦，不過直到你告訴我，我才知道它們很有價值。我只是想要這些鈕扣，只是想要……**擁有**。所以到頭來，我可能是個小呆子吧。」

「不過，鈕扣剛好很搭配……你其他所有的東西，我想。你擁有的每一樣東西，全部都……真的很有趣。」

他站起來。

「我現在該把這些箱子全部歸位放好。我和我媽說四點會到家。」

「沒關係啦，我等一下會把箱子推到床底下。既然每一個箱子都拉出來了，你儘管拿，想拿的就拿走。當你的收藏品。」

「噢，我不能那樣啦。不過謝謝你的好意。」

「我是說真的，拿一些嘛。我的梳妝台那邊就有個塑膠袋。」

他走向梳妝台，找到那個袋子。然後他怔住不動，拿起另一個東西。

「這是那個紙風車鈕扣！怎麼會這樣？」

我聳聳肩。「它破掉了。」

他把三塊碎片放在一起，仔細端詳一番。

「這不只是破掉……我看得出來。這上面有痕跡，很像一半卡在裂縫裡，然後扳向另一邊，也說不定是用某種東西敲打。這是很堅硬的材料，所以要花很大力氣才能裂成這樣。」

他看著我，眼神充滿質疑。

我不想解釋。但我不想騙他，一點都不想。

於是我深吸一口氣，一五一十告訴他……我把鈕扣交還給布魯克，她用這鈕扣換來一條新手鍊，接著我又從愛莉那裡拿回鈕扣，是破的。然後呢，我得到布魯克的新手鍊，為了報仇。

「而梳妝台上面，那張摺起來的紙呢？那是愛莉用來歸還鈕扣的手寫小信封。」

他拿起來，閱讀那張紙條，然後放回去。

「而現在，你和愛莉展開大對決。」

「對啦。」

「而你也對鈕扣感到很厭倦。」

「對。」

「這樣就說得通了。謝謝你告訴我。」

「只不過，我一點都不想跟愛莉來場大對決啊！」

他對我微笑。「是啊，我早就知道了。」

「你早就知道？」

「對啊。」

我想不出接下來要說什麼才好。

他把塑膠袋放回我的梳妝台上。

「你聽著，我以後再來拿一點鈕扣，好嗎？我現在真的得走了。」

「好。」

我跟著他下樓，走到屋外的門廊上。

「再次謝囉。」他說：「謝謝你邀請我過來。」

「不客氣。」

「我們明天見。」

「好啊……明天見。」

我看著他騎腳踏車離開。個子有點高，動作有點笨拙，頭上戴著安全帽。

除了一點都不想跟愛莉來場大對決，假如這所有的問題和這愚蠢的整齣戲，全都是我要跟漢克變得比較熟而必須付出的代價，那麼我完全不後悔。

一點都不後悔。

24 勇氣

吃晚餐前，我在廚房桌上擺餐具，這時爸爸走進來，手臂底下夾著一個盒子。

「聯邦快遞的司機剛才把這個放在大門外面，還註明要給你和你媽媽。」

他把包裹遞給我，約莫是鞋盒的大小。

「是外公寄來的！」

班恩說：「大膽猜一下。更多鈕扣。」

而我知道班恩猜得對。

媽媽把流理台上的沙拉碗移開。「放這裡！」

她比我更興奮，那把她用來割開膠帶的刀子，上面還留有切番茄的汁液呢。

「喔耶……就像我說的，更多鈕扣！」班恩得意洋洋。我得努力忍住才沒告訴他，他今天一直扮演混蛋的角色。

但我無法忍住不說另一個意見。

「對啦，你真是**天才**，好會預測包裹裡面的東西喔，比你預測調整供需情形的效果要厲害多了……例如用你叫我做的方法去調整。」

「我……我從來沒叫你做**任何事**啊！」

「班恩叫你去做什麼事？」

爸爸似乎非常感興趣。

「噢，沒什麼啦。我只是取笑他……對吧，班恩？」

「是啊，你超搞笑的！」

盒子裡有兩個信封放在鈕扣上面，分別註明要給我們兩人。媽媽打開她的信封，開始大聲朗讀，我看著乳白色的信紙，那上面有外公的手寫字跡。

親愛的卡洛琳：

由於得到葛蕾絲一點溫和的激勵，我已經開始整理樓上你母親的起居室和書房。這些鈕扣與她的縫紉工具放在一起。它們可以回溯到好幾代之前，你也許可以在一些舊衣服上面找到幾顆。如果你對任何其他鈕扣有疑問，我很確定葛蕾絲會把你需要知道的事情全部告訴你！

接下來的幾個月，我會把你可能想保留的幾件東西寄給你。其他所有東西則會送去本地的慈善機構，我希望他們會好好利用。

要我展開這個過程是很困難的，不過現在我已經進入狀況，找到好多快樂的回憶，特別是你與你的兄弟和我們同住的那些年。

謝謝你是那麼好的女兒，希望我們能在這個秋天或冬天團聚在一起。

附上我所有的愛，

爸

唸完信時，媽媽的聲音有點發抖，而且得抹掉一滴眼淚。不過她努力擠出微笑。

「真是個非常、非常貼心的大人啊。那麼，葛蕾絲，來聽聽你的信吧。」

但是我不想在大家面前表現情緒化的一面，我還滿有可能會那樣。

「呃……我比較想晚一點再打開。可以嗎？」

「當然，沒問題。」

吃過晚飯，把廚房整理乾淨後，我拿著外公的鈕扣上樓，把東西一字排開，放在床單上。

外公說得對，鈕扣可以回溯到一八〇〇年代。我立刻看出有五、六顆用骨頭做的鈕扣，外加數十顆鞋子上的鈕扣，這是我們必須增加的一類，我與漢克正在幫我們愈來愈豐富的收藏品進行分類。鞋扣看起來有點像一顆小豌豆切成一半，頂部是圓的，背部則平平坦坦。鞋扣通常是黑色，同時後側有個小小的環圈。很有趣，不過我最近看過太多種鈕扣了，此刻我真正需要的是文字。

而等到我開始讀信，好像能聽見外公的聲音，強而有力、清晰又親切。

親愛的葛蕾絲：

嗯，我終於鼓起勇氣整理你外婆的東西了。選擇「勇氣」這個詞，聽起來可能很奇怪，不過呢，再一次靠我自己活在這世上是個很新奇的經驗，有時候感覺有點可怕。可是，我漸漸覺得，我就是很需要這種新奇的經驗。

說到新奇，我們的工廠建築每一天看起來都愈來愈不像墓園了！外面的紅磚已經用噴砂清理乾淨，一群泥水匠正在確保牆壁很健全而且防風防雨，同時也已經裝上一些新的窗戶。我很快就傳照片！

改天呢，我希望你多告訴我一點你朋友漢克的事。進展得如何？我也希望你和那位令人難忘的艾默森小姐已經重新找回彼此的共同興趣。從我與她短暫的相處時光，我猜得到她不是一直都很好相處。不過有時候，會向我們提出要求的人，才是值得維持關係的人……他們有時候也是最需要真正的朋友的人。至於怎麼做才是最好的，其實你一直都知道。

外婆不能挑選自己最喜歡的孫子和孫女，我很確定你了解這句話的意思。不過我也很確定，你在你外婆瑪裘瑞心目中擁有非常特殊的地位，你在我心目中也一樣。這點永遠不會改變。

我們相聚的時光是今年夏天最棒的一週，我等不及看到你回來參加「伯納姆工廠盛大開幕」，把你的行李箱隨時準備好！

附上我所有的愛，

外公

去年暑假，我在葬禮上哭了，但今天感覺不一樣。我現在哭了，因為我很愛外公，而我哭是因為外婆會對我很失望，我哭是因為外公外婆都會告訴我，我對愛莉太小心眼了。我真的是那樣。試著要結束一時的流行？這完全是我自私。其他人正在興頭上，愛莉正在發揮創意巧思，同學們製作各種東西、學習各式各樣的事物，而我忙著做什麼？我忙著表現小心眼、愚蠢、自私和傲嬌，這都是我指控愛莉的特質。而且，我哭了也因為漢克今天下午那麼貼心。他很清楚，我再也不想和愛莉交戰……他很**清楚**這一點。

所以，我把外婆的鈕扣放回原本的盒子裡。

我開始做功課，繼續想著。

等到媽媽來說晚安時，我擁抱她，抱了很久很久。

而我繼續想了又想。

而到了準備睡覺時，我終於知道自己需要做什麼了。

25 破冰

從愛莉臉上的表情看來，她好像會把我從人行道推出去。或者更糟。

所以我又說了一次，語氣盡可能真心誠意：「我們真的需要談一談……拜託啦？」

「好啦。」

她的語氣很冷淡又充滿疑心，但我早就料到會這樣。我也知道在外面這裡，所有校車陸續抵達，我們根本不可能談話。

「我們去學校裡面的圖書室，好嗎？」

「隨便。」

我挑選圖書室，因為那裡必須保持安靜，也比較沒機會對彼此大吼大叫。

我拉著門，讓愛莉走進來，然後向右轉。

目前為止，一切都很好。

不過，我看得出愛莉每一步都很僵硬，每一個動作都很沒耐心。總之她正在找機會和我吵架。

而就算我根據邏輯做好心理準備，我也知道這一點都不像解答數學問題。比較像是解開某個死結。或者說不定像是融化某座冰山。

在圖書室裡，我走向後側的一張桌子，而愛莉跟過來，坐在我對面。

「你想要怎樣？」

這是很尖銳的挑戰，但我沒有隨之起舞。我按照自己事先想好的計畫。

「首先，我想說幾句話……關於這個。」我打開手掌，給她看紙風車鈕扣的碎片。

「我闖進你和布魯克的交易中，那完全錯了。而且很自私。我很抱歉做了那種事，希望你有一天會原諒我。」

愛莉正準備開口說話，但我很快從背包裡拿出一個褐色信封，把裡面的東西放在我們之間的桌上。

「十八條手鍊、三條項鍊，還有兩條腳鍊。全都是你做的。」

她努力隱藏，但她真的很驚訝。

「我……我知道你有其中一些，但是不知道有這麼多。你為什麼……」

「因為我很氣你弄壞紙風車鈕扣，而且不讓我坐在你旁邊吃午餐。」

「我還是不懂……」

「我打算拿一把鐵鎚打爛所有鈕扣，割碎所有緞帶，然後把碎片全部還給你。為了報復你。」

「**真的？**你打算那樣做？」

「對啊，到最後我才弄懂，會這樣搞得一團糟，其實是我自己犯的愚蠢錯誤。」

「嗯……我確實把紙風車弄壞了，然後附上那張紙條送回去。我真是超級小心眼。」

「是沒錯，不過昨天呢，我想到你一定超級生氣，才會把鈕扣弄壞成那樣，還有我怎麼會害你那麼生氣呢？我覺得對你好抱歉噢，忍不住哭了。我真的很抱歉，害你那麼生氣。」

愛莉搖搖頭。「不過，**我**才是讓大家都很生氣的人啊……因為我太愛炫耀了。你不覺得是這樣嗎，我太愛炫耀了？」

這是陷阱題，但我必須誠實。

「嗯……也許吧……有時候啦。不過，你真的有一大堆很酷的東西。而且，如果我像你一樣有那麼多漂亮的東西，我可能也覺得不炫耀很困難。」

「**你？**」愛莉對我笑了一下，能夠融化冰山的那種微笑。「不可能啦，那樣就不像你了，一點都不像。而且，我好想變成你那樣喔！」

我覺得喉嚨好像梗住了，但我不想哭。所以，第一節課的鐘聲響起真是太好了。我們各自拿好東西，朝走廊走去，感覺過去一個星期的大對決從來沒發生過。可是呢，當然發生過。也因為真的發生過，我覺得自己和愛莉比以前更要好了。兩個人一起走向班上的教室，感覺像是全世界最自然的事。

「那麼，今天吃午餐的時候，你也許會想過來，和我與漢克坐在一起吃？」

愛莉又笑了一下，這次是調皮的笑容。

「我早就注意到你和漢克！」

我沒應聲，不過稍微往她那邊靠過去，兩人的肩膀碰了一下。然後，我們兩人同時爆出笑聲。

快要走到教室之前，她說：「那麼，我所有的手鍊等等那些東西，你要怎麼處理？」

「我會努力回想每一條是向誰拿的，一一還給他們。免費喔。」

「看吧？我就說這樣才像你。我想，如果是我，我一定會拿那些東西全部重新交易一次！」

「噢，相信我，我也想過啦。同學們真的很愛這些東西。可是我的鈕扣多到夠用一輩子，覺得有點膩了。」

「是啊，我懂。不過呢……你有沒有像**這樣**的？」

她從口袋拿出一顆超漂亮的紅白相間鈕扣，把它遞給我。那是上等的賽璐珞，兩種顏色構成漩渦狀，看起來很像老式的薄荷棒棒糖。

接著愛莉說：「唉唷！看見沒？我又在炫耀了……每次都忍不住！」

「其實……這顆鈕扣嗎？原本是我的，而我還有一大堆類似的，有些甚至更漂亮。我一直拿這種鈕扣和別人交換。」

「什麼意思？」

「我是說，我請同學把你所有的手鍊和項鍊拿給我的方法，就是用這種鈕扣和他們交換！」

愛莉從口袋裡拿出另外六顆鈕扣。「那這些呢？」

我看了看，點點頭。「除了那個綠色大鈕扣以外，本來全都是我的。」

「所以那就表示，我一直用我的手鍊交換到你的更多鈕扣，而你一直用你的鈕扣交換到我的更多手鍊！」

我們兩個又開始大笑，然後我說：「但我正準備把你的手鍊全部敲爛！現在想起來覺得好可笑。」

我們跌跌撞撞地一起進入教室，而且還一直笑個不停，不過牆上的廣播喇叭傳來很響亮的「叮」一聲，所有人都安靜下來。

「早安。我是波特校長，我有一項重要的事情要宣布，今天的課表有一點變動。八點四十五分的時候，一到六年級的所有人都到禮堂集合。六年級的學生請待在導師班上，而不是去上第一節選修課。謝謝，待會兒見。」

愛莉看著我。「真想知道究竟是**什麼事**。」

「對啊，我也想知道。」

我嘴巴這樣說，但我願意賭一百元，打賭我完全知道校長今天要宣布什麼事。

26 水落石出

每一次大集會，低年級都坐在靠近講台的地方，高年級則擠在禮堂後方。所以，這是我開始坐在最後一排的第一年。而我得說，我喜歡後面這裡。感覺好像可以躲起來。

波特校長在講台上，她走向麥克風時，全場安靜下來。

「各位女孩與男孩，大家早安，謝謝你們這麼鎮定又有秩序，找到自己的座位。我請大家來這裡，是要談談鈕扣的事。」

周遭立刻出現嗡嗡的交談聲，還有一點笑聲，不過波特校長搖搖頭，皺起眉頭，於是禮堂再次安靜下來。

「過去一個星期左右，你們很多人變得對鈕扣很感興趣。可是，在學校流行起來的每一種風潮，發展到某個時刻，幾乎都會開始妨礙大家的學習。而我們現在就到了那樣的時刻。因此，從明天早上開始，如果在學校裡看到任何鈕扣，都要交給老師幫你收起來，直到這個學年結束為止。今天有些人可能把鈕扣拿到學校，我希望你們把鈕扣帶回家，**留在家裡**。當然，我指的不是每天穿在身上的所有鈕扣，而是拿來交易、收藏、當作玩具和遊戲籌碼的那種鈕扣。那麼，我要再說一次：我希望今天帶鈕扣來學校的所有人，晚上把那些鈕扣帶回家，留在家裡。如果聽懂了我剛才要求大家做的事，請你現在舉起手。」

我把手高舉在空中，禮堂裡其他每一位學生也都這麼做。

那麼……就是這樣啦。我的願望實現了。波特校長說鈕扣風潮結束了，那就結束了……至少在學校是這樣。

「你們現在可以把手放下來了，非常謝謝大家。」

禮堂突然滿是嗡嗡聲，因為這裡的每一個學生都知道朝會結束了。前面有些年紀較小的學生甚至開始站起來。

「請安靜。安靜，然後坐下。」

全場安靜下來，但與之前的全然安靜不太一樣。於是我好奇的想著，有沒有人針對一大群小朋友全部待在同一個空間的情況做過科學研究。因為這讓我回想起以前和外公一起看過的大自然節目，是關於蜜蜂，講到某種微小的擾動如何像漣漪一樣傳遍整個蜂窩。

波特校長還有更多話要說，但現在蜜蜂靜不下來了。

「你們很多人都知道，星期三那天，我們在學校操場上找到非常大量的鈕扣。」

這一句話引爆一陣交談聲，一堆人點頭，還有一堆人把手伸進到口袋裡。

也是這一句話害我的胃糾結起來，打成死結。

愛莉就坐在我旁邊，我好怕她會聽見我的心臟在胸口、在喉嚨、在腦袋裡怦怦跳動的聲音。

「請安靜，大家不要緊張。我知道，你們很多人昨天都在外面撿鈕扣，不過地上還留了很多鈕扣。放學後，我和學校的警衛以及鎮上負責割草的工作人員一起到處查看，他們很擔心鈕扣會弄壞割草機。等他們開始割草後，好幾輛汽車停下來抱怨，說開車經過時有些鈕扣打到他們的車。我得打電話給警察，請他們封閉操場旁邊的街道，直到割完草為止。」

我很努力靜靜坐著，努力不要呼吸得太快，努力不要昏倒，努力不要從我坐的地方跳起來，一邊尖叫一邊跑出禮堂。

而波特校長繼續說話。

「割完草後，我和兩名警官仔細研究學校的監視錄影內容，從星期二晚上的錄影開始看。我們看到有人進入操場，不是一、兩次，而是整整四次，在整個操場上丟鈕扣。這件事發生的時候天色很暗，所以沒辦法認出那個人的身分。警察局現在把這個案件定位成『在公共場所亂丟垃圾』，已經展開調查。如果有任何同學得到線索，可能對警察有幫助，請告訴我或某位老師。」

禮堂內一片死寂。

波特校長讓靜默持續下去。

再持續。

我咬緊牙關，覺得可能會把牙齒咬斷。

漢克坐在我前面一排，大概往左邊三個座位的地方。我只能祈禱他不會轉過身來眨眨眼，或者笑一笑，或者對我豎起兩根大拇指。不過他太聰明了，不會做那種事。

其實……他也可能會突然抓狂啊！如果你知道某件罪行，那麼你會和犯罪的人一樣充滿罪惡感！

除非你自己招供。

最後，波特校長開口說話。

「我想謝謝你們大家，今天早上這麼仔細聽講。現在一年級學生可以離開了。而其他同學請留在座位上，等導師叫你們站起來。」

禮堂又開始充滿嗡嗡聲，而愛莉輕聲說：「**有人**需要請律師囉！或者不用。亂丟垃圾的罰款不可能是一大筆金額，對吧？也許像是一百元之類的？總之，滿刺激的，你不覺得嗎？」

我的嘴巴好乾，幾乎說不出話。

「是啊……的確很刺激。」

不過，正確的字眼是**很可怕**……超可怕的！

我以前在學校從來沒惹過麻煩，從來不曾去找校長，從來不必留校察看……我甚至不記得上一次有老師對我大吼是什麼時候的事。而現在呢？這是**貨真價實的**大麻煩，父母得去校長室面談的那種大麻煩！

而且警察會在場。**警察**耶！

這種想法猛然襲擊我的頭，而就在這時，漢克轉過身，迎上我的目光。

我笑了笑，努力顯得勇敢又冷靜。

結果完全失敗。

我不知道漢克看起來到底是擔心、難過，還是害怕。

我也一樣。

但有一件事我很確定：我連多坐一秒都坐不住了。

我輕聲對愛莉說「社會課見」，然後站起來，彎著腰，沿著整排學生座位往外走，直到遇見郎老師，她站在走道上。

「郎老師，我可以去辦公室嗎？我……我覺得不太舒服。」

這並不是說謊。我這輩子從來沒有覺得這麼不舒服。

她盯著我的臉看了好一會兒，我看出她的眼裡閃過一絲憂慮。我看起來一定很慘。

「當然，葛蕾絲，你趕快去。需要誰和你一起去嗎？」

「不用，我沒問題。謝謝。」

走廊上擠滿了三年級和四年級的學生，他們正要離開禮堂，不過我幾乎沒看到他們，只能感覺到自己的雙腳踏在磁磚地板上。

等我走到辦公室，通往外面的門就在右邊，我真的好想逃之夭夭，就像監獄電影裡的囚犯一樣。

可是我沒有。

進入大辦公室，學校的祕書從她的電腦螢幕抬起頭，對我露出大大的微笑。「嗨，葛蕾絲。我可以幫什麼忙嗎？」

二年級的時候，四年級也是，每次我的老師需要送東西到辦公室，常常都派我去。因為我是相當優秀的小女生。那時候是啦。

所以，我和史特林小姐還滿熟的。

「我得找波特校長談一談，拜託。」

「她剛從朝會回來，接下來的早上也很忙。可以等到午餐嗎？約十二點十五分。」

「我真的必須現在就找她談。關於鈕扣的事，操場上那些。」

史特林小姐的眉毛挑到額頭的一半那麼高。「噢，我懂了。你先坐在那邊的沙發上，我會告訴波特校長說你在這裡。」

我以前曾在辦公室裡見到學生坐在這張沙發上，每次都覺得很同情他們。而現在，我很同情我自己。

波特校長的房門打開了，她對我笑了笑。

「葛蕾絲，早安。請進，在桌子那邊找個位置坐。」

那個小圓桌就在她書桌的左邊，我面對窗戶坐下，可以俯瞰校車的迴轉道。

波特老師坐在我對面。她不是很可怕的人。她讓我聯想到媽媽的朋友卡拉，從事房地產仲介……熱情、友善，微笑很親切。

波特老師穿著灰色的羊毛裙和外套，搭配淺藍色的襯衫。

然後，我立刻開始計算鈕扣的數量……實在是忍不住。

「好了。你想要找我，對吧？」

在我回答之前，傳來一陣敲門聲，史特林小姐開了門，探頭進來。「抱歉打擾了。」

她走過來，彎下腰，對校長附耳輕聲說話。

而這一次換成波特校長咻的往上挑起眉毛。

她看著我，然後說：「看來我們這桌需要更多張椅子。」

我一頭霧水，看著波特校長站起來，走去搬椅子。

我望著門口，突然間**真的**一頭霧水。

因為有兩名學生走進辦公室，坐了下來……漢克·鮑威爾坐在我右邊，而愛莉·艾默森坐在我左邊。

27 成交

我所有的邏輯，我所有像科學家一樣的推理和思考能力，這時全都無法運作。不過，我覺得自己無論如何必須說些話，於是我講得很快。

「波特校長，我不知道愛莉和漢克來這裡做什麼，因為他們和外面操場上的鈕扣一點關係也沒有。我自己一個人把鈕扣丟到那裡，那全是我一個人的主意。所以，他們根本不應該在這裡。一點也不。」

她看著漢克，再看看愛莉。「是真的嗎？葛蕾絲把那些鈕扣弄到操場上，完全靠她自己一個人？」

他們兩人都點點頭，而波特校長說：「那麼這件事看來是我和葛蕾絲之間的事……還有她父母。所以，你們為什麼來這裡？漢克，你先說。」

「我們來這裡，因為我們是見證人。葛蕾絲不是亂丟，她只想把一大堆鈕扣分送出去。而她之所以那樣做，唯一的原因是想要阻止這陣流行風潮。那和**您**希望達到的目標完全一樣……是吧？」

「那麼，你怎麼會知道這整件事？」

「因為昨天放學後，我去葛蕾絲家，而她對我說，她就是把鈕扣弄到操場上的人，也解釋她為什麼那樣做。那是一場關於供需的實驗，如果某種東西的供應量暴增，需求量就會減少。而她希望鈕扣的需求量一路下降到零，流行風潮就會結束了。幾分鐘前，我看到葛蕾絲要走去辦公室，我一五一十向愛莉說明，所以我們就來了。」

波特校長看著我。「你為什麼想要結束這陣風潮？」

愛莉舉起手，我都還沒開口講半個字，她就先發言。

「嗯，我從二年級開始就是葛蕾絲最要好的朋友，可是上星期呢？有顆很漂亮的鈕扣，我們兩個都很想要，結果就吵架了，葛蕾絲搶在我之前先換到手，所以後來我對她很壞，而她想要報復我，也對我真的很壞，我們的關係就這樣變得很糟、愈來愈糟，每一件事都讓兩人覺得好痛苦。不過**後來**，葛蕾絲決心一定要**採取行動**，讓整個鈕扣事件劃下句點，我們才能恢復友誼。這就是原因，那不是亂丟垃圾。」

波特校長正準備開口說話，但漢克再度插嘴。

「那麼愛莉、葛蕾絲和我呢？我們每天放學後都會去整個操場，一直努力撿，直到把外面每一顆鈕扣都撿起來為止。」

波特校長搖搖頭。

「其實呢，不需要那樣做。昨天割完草之後，工作人員帶著吸葉子的機器回到那個區域，所以幾乎沒有留下鈕扣了。」

愛莉說：「那麼，我、漢克和葛蕾絲會負擔費用，我們會支付他們額外花時間吸鈕扣的加班費，也會支付割草期間警察封街的費用……這樣如何？這算是一種交易嗎？我們可以這樣說定了嗎？」

愛莉的身子向前傾，向波特校長伸出一隻手。

然後，漢克伸出他的手，我也這麼做。

至於波特校長呢？她很驚訝。

不過她笑了笑，和我們每個人握手。愛莉、漢克，然後是我。

只不過我們握完手後，她繼續握住我的手。

「我會打電話給警察局，解釋完之後，我會請他們撤銷調查工作。那麼整件事應該就結束了。」

我沒辦法忍住眼裡的淚水。「波特校長，謝謝你。」

她對愛莉和漢克點點頭。「他們才是你要感謝的人。這麼好的朋友，有一**個**就很棒了，可是有**兩個**來找你？簡直是太棒了。好啦，想辦法通過史特林小姐那一關，然後回去班上。祝你們一整天都很愉快。」

我們不到一分鐘就離開辦公室，一起走向六年級走廊。

而有愛莉在我左邊，漢克在我右邊，我必須同意波特校長說的話：簡直是太棒了！

28 再多一顆鈕扣

波特校長在全校朝會上發布鈕扣的全面禁令，那是將近一個月前的事了，不過今天早上在校車上怎麼樣呢？我看到有人交易鈕扣。不像之前九月的時候那麼多，也沒有大刺刺公開進行，不過還是有交易。看來要扼殺一陣風潮是很困難的事。

友誼也一樣。這可不是理論，我有證據。

因為現在是星期五下午，下星期是萬聖節，而大概再過五分鐘，我和愛莉就要碰面，這是自從五月以後唯一一次在朋友家過夜聚會。

而且是在我家。已經**好幾年**沒有這種聚會了！

漢克和愛莉來校長室救我，而我們一起走回教室，我這輩子從來沒這麼高興過。

隨後那幾天，我和愛莉聊天，真正的聊天，也許是有史以來第一次吧。我對她描述外公的工廠建築，描述他寄給我的鈕扣，描述外婆和墓園，還有我媽對於死去和沒有死去的看法，以及我媽說她現在和六年級時認識的同學都不算朋友了……我們天南地北什麼都聊。

我和愛莉同進同出，特別是午餐時間，我知道漢克覺得有點被忽略。所以我們互傳簡訊，傳很多封。而我們每天都要上的自然和數學課呢？愛莉不在，這樣還滿好的。

至於波特校長叫我們去辦公室，把清理鈕扣費用的帳單交給我們的那一天呢？那真是很難熬的一天。

事後我們到了走廊上，愛莉整個大爆炸。

「**六百元？**那就是每人兩百元……我沒有那麼多錢啊！我是說，我有全部的生日禮金，不過都存在帳戶裡，如果我想要提領那麼多錢，我爸媽會超震驚！**六百元耶？**一定算錯了吧！」

當然啦，波特校長絕對沒算錯。四個人割草三小時，每小時二十二．五元，外加三名警察執行特派任務兩小時，每小時五十五元，全部加起來等於六百元。那是數學，而數字不會騙人。

可是漢克不擔心，我也是。我們兩個早就已經想出解決方法了。等我們把想好的計畫告訴愛莉，她也不再擔心了。

好吧，其實那是漢克想出來的計畫。

因為漢克曾對鈕扣做了一大堆研究，他知道那些復古鈕扣很值錢，也知道拍賣網站上有不少積極的收藏家，每一天都會到處收購鈕扣，更知道我有一**大堆**很值錢的鈕扣。

只不過我們有個問題：至少必須滿十八歲才能擁有拍賣網站帳號。班恩只有十五歲，所以他沒用。而我們一點都不想把自己的父母扯進來。

「你們到底想要我做**什麼**？」

外公這樣說，那天下午我們三個人突然用免持聽筒的電話打給他，向他解釋為什麼需要他幫我們開設拍賣網站和匯款帳號，這樣才能賣掉上等的鈕扣，賺到六百元。

外公說「不行」說了大概二十次，但愛莉很厲害的地方是什麼呢？她說話的速度比誰都快，而且絕不放棄。等到外公開始大笑，事情就成了，我們超機密的「放學後賣鈕扣大業」開始大展身手。

我把一袋又一袋的鈕扣交給漢克，讓他能夠研究，整理出一組組的鈕扣上架銷售。

接下來，我幫每一組鈕扣拍下大量照片，展示我們要販售的商品，然後用電子郵件把照片寄給愛莉，讓她撰寫說明文字，接著操作電腦，把每一組鈕扣放到我們的拍賣網站上的商店販售。

至於外公呢？他繼續整頓他的舊工廠……同時煩惱著該如何向我爸媽解釋整件事，萬一他們發現他出手幫忙的話。

而他們真的發現了。

因為鈕扣一旦開始銷售，訂單累積得很快，然後我們必須把一大堆小包裝的鈕扣寄到各個地方去，真的是**各式各樣的地方**，例如英國、日本、荷蘭，甚至寄到中國。這樣一來就不可能完全保密了。

於是，我得向爸媽解釋我們到底在幹嘛，以及為什麼要做這種事，再加上用什麼方法達成目標。而外公參與了達成目標這部分。

他們聽到事情的原委簡直氣炸了，因為我把每件事都告訴他們，只有一件事沒講，就是班恩的經濟學講座，還有他說他**絕對沒有**叫我去做任何事。

班恩欠我的可多了，他自己很清楚。

不過爸媽能夠了解我為什麼丟出那麼多鈕扣，他們聽說我和愛莉重修舊好也很高興。而等到我告訴他們，我有兩位最要好的朋友跑去校長辦公室支持我，這下子爸爸對漢克的評價從很高變成更高，這完全是漢克應有的評價。

鈕扣只上架銷售了短短十一天，我們匯款帳戶的結餘就達到六百〇七．一四元，而我們賣掉的部分只讓我那三箱特殊的鈕扣短少了一點點而已。

我們付款給波特校長後，愛莉想要繼續銷售。她的想法是這樣，我留著收益的百分之五十，因為那些鈕扣是我的，而她和漢克付出不少心血，每人獲得百分之二十五。看起來很公平，不過我告訴她，我希望鈕扣的事情全部告一段落，至少目前是這樣想。

於是愛莉無法隨心所欲，但她沒有生氣，沒有一直要求，也沒有踏著重重的步伐氣呼呼離開……這真的是全新的經驗啊。

而且真的很棒。

愛莉還沒按門鈴，我就已經打開大門，然後我們一起向她媽媽揮手道別。

走進玄關，她朝四周看了看。

「自從上一次來這裡，感覺像過了『永遠』那麼久！」

「不是永遠啦，只有兩年一個月又六天。那天放學後你來我家一起做社會作業。」

她點點頭。

「對……四年級，作業是伊利諾州憲法！」

然後她凝視著我。「而自從那一次之後，我老是叫你去**我家**。你知道為什麼嗎？」

「當然知道，那樣你才能掌控每一件事啊。」

我們都笑了一下，但她又變得嚴肅，因為她知道我其實不是開玩笑。

「那麼，你為什麼要一直忍受我？」

「很簡單啊，我一直都知道你真的是很好的人。還有，我很愛你媽買的那種超好喝沙士！」

我們又笑起來，然後到樓上去。

愛莉走到我的房門口停下腳步，先看看四周。漢克來我家那天也是這樣。

今天放學後一回到家，我就開始整理東西，但接著又停下來。因為我希望自己的房間保持原本的模樣，而不是我想像愛莉會喜歡看到的模樣。

她走向我的梳妝台，我稍微站到旁邊邊，看著她的目光從一件物品跳到另一件。我希望她不是想要找出那些東西代表的意義，那是不可能的，因為連我也搞不懂。

接著愛莉伸手指著，我望向她指出的東西：紙風車鈕扣那三片凹凸不平的碎片。就像漢克一樣。

「對不起。我本來想要丟掉。」

「不行，你不該丟掉。你聽好，我知道你看到鈕扣覺得很膩了，不過我還是又帶了一顆來給你。」

她遞給我一顆黃銅鈕扣。我用拇指觸摸鈕扣正面凸起的文字……**堡壘**。我立刻就想起來了。

「我不能留下這個。這是你曾曾祖父的鈕扣耶！」

她對我微笑。「你也知道你媽媽怎麼說的，她和她所有的六年級同學全部失聯。嗯，我們不要變成那樣。如果我真的需要這顆鈕扣，你會是第一個知道的人。而如果那一天來臨，你就必須得親自把這顆鈕扣還給我。」

愛莉伸出手。

「成交？」

「成交！」

我們握手約定。

【後記】
給讀者的一封信

親愛的讀者：

小時候，我經常在搖搖欲墜的穀倉和庫房裡閒晃，特別是在緬因州的鄉村。如果剛好看到生鏽的斧頭、斷掉的門把、奇怪的黃銅塊或鐵塊，還有玻璃，這些在我眼裡全像珍貴的寶藏，於是它們也會跟著我回家。現在認識我的人會告訴你，我看到古老的工具和各種奇怪的玩意兒仍然無法抗拒。我的辦公室裡堆滿各式各樣很有趣但沒什麼價值的東西，都是過去幾十年來找到或買到的。

很多年前，我在一間古老的紡織廠工作，那裡即將改建成公寓，而我的公司是最後一間仍然留在那棟樓房裡的公司。有一天，我隨意看著留在走廊的一些廢物，發現一箱鈕扣……有藍色、灰色和褐色，所有鈕扣大約是二十五美分硬幣的大小。每一種顏色可能都有兩、三百顆。於是我把它們搬回家，送給我家的兒子們。他們四個人全都立刻瘋狂迷上鈕扣。

兒子們把那些鈕扣分門別類（多半是亂抓啦，就我的記憶是如此），然後用那些鈕扣當作紙牌遊戲的籌碼，也搭配鐵絲和繩子做成奇形怪狀的小雕像，當然也用來彼此互扔。不知為何，藍色鈕扣變得比褐色鈕扣更有價值，而褐色鈕扣的價值又比灰色更高。過程中一天到晚吵架，一天到晚到處藏匿，外加很多大聲指控說不公平啦、貪心啦、公然搶劫啦等等。而接著，只過了短短六、七天之後，所有人都離開這股漩渦，原本備受喜愛的鈕扣竟落得被討厭的下場，胡亂棄置於地下室遊戲間的地板上。

我有七年的時間擔任學校老師，見識過不少流行的風潮興起又退燒，隨便舉幾個例子，像是墨西哥跳豆、寵物石頭、心情戒指、高速陀螺，以及星際大戰公仔。而那幾年間，我們家兒子逐漸長大，我和太太見識到更多的流行風潮來了又走，從寶可夢卡片、豆豆娃到彩色橡皮圈。不過等到我萌生這個念頭，想把中學的流行風潮寫成一篇故事，浮現我腦海的第一個記憶，就是我們家兒子看到那箱鈕扣的反應。而這場快樂的心理衝突，最後的結局就是你手上拿的這本書，《好朋友大對決》。

謝謝你們和我一起經歷這趟小旅行，幫助閱讀成為永不退流行的風潮！

安德魯．克萊門斯

國家圖書館出版品預行編目資料

好朋友大對決 / 安德魯 . 克萊門斯（Andrew Clements）文；謝雅文 , 王心瑩譯 . -- 初版 . -- 臺北市 : 遠流出版事業股份有限公司 , 2023.09
面；　公分 . --（安德魯 . 克萊門斯 ; 24）
譯自 : The friendship war
ISBN 978-626-361-192-4（平裝）

874.59　　　　112011190

安德魯・克萊門斯 ㉔

好朋友大對決
The friendship war

文／安德魯・克萊門斯　譯／謝雅文、王心瑩　圖／唐唐

責任編輯／陳嬿守　主編／陳懿文、林孜懃
封面設計／唐壽南　行銷企劃／鍾曼靈　出版一部總編輯暨總監／王明雪

發行人／王榮文
出版發行／遠流出版事業股份有限公司　104005 臺北市中山北路一段11號13樓
電話：(02)2571-0297　傳真：(02)2571-0197　郵撥：0189456-1
著作權顧問／蕭雄淋律師
輸出印刷／中原造像股份有限公司
□2019年 6 月 1 日 初版一刷　□2023年 9 月 1 日 二版一刷

定價／新臺幣300元（缺頁或破損的書，請寄回更換）

ISBN 978-626-361-192-4
遠流博識網 http://www.ylib.com　E-mail:ylib@ylib.com